Oscar van den Boogaard

Liebestod

Roman

Aus dem Niederländischen von
Ira Wilhelm

S. Fischer

Die Originalausgabe erschien 1999
unter dem Titel ›Liefdesdood‹
bei Querido, Amsterdam

Satz: Pinkuin Satz und Datentechnik, Berlin
Druck und Bindung: Clausen & Bosse, Leck
Printed in Germany
ISBN 3-10-007807-1

I

10. August 1973

1

Es war einmal ein Matrose, der verschluckte das Ende eines Taus und fuhr infolge der wurmartigen Tätigkeit der Speiseröhre an ihm den Mast hinauf.

Achtjährige Mädchen verstehen so etwas nicht.

Und an der Spitze des Masts …

Inez liegt im Liegestuhl und starrt auf den Swimmingpool. Das Wasser schaukelt und klatscht gegen den Rand. Sie zählt. Elf, zwölf, dreizehn.

Vera taucht aus dem Wasser auf, winkt, paddelt zur Beckenkante, klettert heraus.

»Fünfundzwanzig.«

»Stimmt nicht, Inez, sechsundzwanzig. Du musst genau aufpassen.«

Das Mädchen stellt sich hin, breitet die Arme aus, beugt die Knie und stößt sich ab, wirft sich hoch, zieht die Beine an, umschlingt die Knie, platscht ins Wasser.

Inez zählt. Elf, zwölf, dreizehn, vierzehn.

Das Kind taucht auf, winkt, paddelt zur Kante, klettert auf den Rand.

»Siebenundzwanzig.«

Vera stellt sich hin, breitet die Arme aus, geht in die Knie, wirft sich hoch, zieht die Beine an, umschlingt die Knie und platscht ins Wasser.

Inez zählt.

Sie taucht auf, mit ihrem langen Haar schleudert sie die Wassertropfen bis zu den Fliederbüschen, dem Geißblatt, der Skulptur mit der Kugel. Sie paddelt zur

Kante, klettert auf den Rand. »Inez?«, ruft sie außer Atem.

»Achtundzwanzig.«

Inez zwinkert mit den Augen. Dem Wasser bleibt keine Zeit, sich zu beruhigen. Vordergrund verwandelt sich in Hintergrund. Sie steht auf und geht zum Haus. In den Fenstern sieht sie Vera hochspringen. Sie kreischt dabei wie ein Vogel. Inez schiebt die Terrassentür auf und betritt das kühle Haus. Die Amsel, denkt sie. Die Amsel vom vorigen Sommer ist nicht wiedergekommen.

In der Küche schenkt Inez ein Glas Limonade ein und geht wieder nach draußen.

»Vera, komm!«

Vera ist gerade wieder im Wasser verschwunden, es spritzt auf die Steinplatten. Sie taucht auf, schwenkt Arme und Kopf.

»Veralein!«

Das Kind rennt wieder zum Beckenrand, springt und platscht ins Wasser.

Na, dann halt nicht.

Sie stellt Vera das Glas Limonade auf den Gartentisch und geht ins Haus. Mit dem Rücken zum Fenster setzt sie sich in den Ledersessel. Sie presst die Fingerspitzen an die Schläfen. Stundenlang könnte sie so dasitzen. Menschen, die oft allein sind, können vollkommen in sich aufgehen. Sie brauchen niemanden. So will sie nicht werden. Sie ist lieber mit Hans zusammen. In Gedanken folgt sie ihm. Hans liegt jetzt in Boston in einem Hotelbett. Sie kuschelt sich an ihn und legt ihm die Hand auf den Bauch. Eigentlich hatte sie immer geglaubt, Kinder haben zu wollen. In der Ferne ein Schrei. Der Angstschrei eines Vogels. Dann ist es wieder still. Ein Schulhof. Ein Wolkenbruch. Helle und dunkle Flecken. Ein Schwimmbad. Wolken, die still über Umkleidekabinen hängen. Inez öffnet die Augen. Sie steht auf und geht nach draußen.

Vera! Vera?

Später versucht sie den Ablauf zu rekonstruieren. Die kleinen Füße, die nach dem Boden tasten, um sich abstoßen zu können, sie zappeln noch einen Moment, einen Moment noch. Und bevor der Körper des Mädchens hinaufgestoßen werden wird zum Licht der Welt, den Wipfeln der Bäume, dem Monat August, den Sommerferien, den Tagen, die da noch kommen, den Dingen, mit denen man nicht rechnet, den Dingen, die einem nicht erspart werden, den Dingen, die man durchstehen muss, bevor man von ihnen erlöst wird, entflieht ihm in tausend Luftbläschen der letzte Atemstoß … und wird vielleicht eingeatmet, von einem Vogel, einem Einhorn oder einer Stabheuschrecke.

Stoß dich ab, denkt Inez, komm hoch.

Das Kind liegt auf dem Beckenboden.

Vera, lass diese Witze!

Das Haar bewegt sich wie eine Seealge.

Komm, schon, Veralein, komm!

Inez springt in den Kleidern ins Wasser, taucht zu Vera hinunter und versucht sie zu greifen. Das Kind ist schlaff und schwer. Inez schwimmt zur Wasseroberfläche, schnappt nach Luft und taucht wieder hinunter. Sie klemmt die Arme unter die Achseln des Mädchens, stößt sich mit den Füßen vom Boden ab und hebt es hoch. Das Wasser reicht Inez bis zum Kinn. Mit aller Kraft schleppt sie das Mädchen zum Beckenrand. Sein Gesicht ist blau, die braunen Augen stehen weit offen. Inez versucht, den Körper über die Kante zu heben, aber sie ist zu schwach. Sie taucht unter, steckt den Kopf zwischen Veras Beine und hebt sie sich auf die Schultern. So stößt sie das Mädchen hoch, schiebt und kippt es auf den Beckenrand. Sie klettert aus dem Wasser und beugt sich über Vera. Ihr Körper ist voller Schrammen und Schürfwunden, die Haut ist grau und blau, die Pupillen geweitet. »Schau mich an«, schreit Inez, »schau her«, aber Veras Augen können das nicht mehr. Sie kneift das Kind in die Arme und schlägt ihm auf die Wangen. Vera reagiert nicht. Lippen und Nägel sind ebenfalls blau. Inez beobachtet die Brust, sie bewegt sich nicht, sie hält die Wange gegen Mund und Nase, sie spürt keinen Hauch, sie legt den Zeigefinger auf die Halsschlagader und greift nach dem Handgelenk, sie spürt kein Leben, sie legt das Ohr auf das Herz, aber das Einzige, was sie hört, ist der Schlag ihres eigenen Herzens. Sie schiebt eine Hand unter Veras Nacken, mit der anderen drückt sie die Knie nach oben. Dann holt sie tief Luft, presst den Mund fest auf Veras Lippen und stößt ihren Atem in sie hinein. Noch einmal holt sie tief Luft und stößt Atem in das Mädchen. Wieder und wieder. Bis ihr die Luft ausgeht. Ihre Tränen tropfen auf Vera herunter. Sie schüttelt das Kind, schlägt ihm wieder auf die Wangen. »Beweg dich, bitte, beweg dich«, schreit sie, »tu's für mich!« Sie packt Vera an den Füßen, hebt sie hoch und lässt das Wasser aus ihr herauslaufen. Sie schüttelt den Körper, aber es hat keinen Zweck mehr. Schließlich legt sie das Mädchen auf den Fliesenboden und rennt ins Haus. Dort setzt sie sich auf den Rattanstuhl und betrachtet das Grün draußen.

Das Sommerkind erscheint, um den Hals ein gestreiftes Handtuch, in der Hand eine Plastiktüte. Es legt Handtuch und Tüte auf einen Gartenstuhl, schüttelt die Badelatschen von den Füßen, öffnet den Reißverschluss seines orangefarbenen Frottéekleides und lässt es fallen. In seinem blauen Badeanzug trippelt es zum Wasser und: platsch! Vera legt die Hände auf den Beckenrand, ihr Gesicht lacht. Sie klettert aus dem Wasser, rennt zum Gartentisch und nimmt das Glas. Sie trinkt es in wenigen Zügen leer und fragt, ob sie noch mehr Limonade und ein belegtes Brot haben könne.

Inez öffnet die Augen. Die Wasseroberfläche ist regungslos flach.

Sie versucht es noch einmal. Vera legt die Hände auf den Beckenrand, ihr Gesicht lacht. Aber wie kraftlos ist der Augenaufschlag des Kindes. Die Bäume schwanken heftig und kommen schließlich zur Ruhe. Still steht die Sonne, still die ganze Natur, alle Schatten sind verschwunden.

Auf den eigenen Tod ist man vorbereitet, aber nicht auf den eines anderen. Handeln. Sie hat's nicht so mit Kindern. Sie beugt sich zu Vera hinunter, versucht sie in den Arm zu nehmen, wie man ein Baby in den Arm nimmt. Sie bekommt das Kind nicht vom Boden. Sie ist zu schwach. Vielleicht sollte sie Vera an den Handgelenken über den Boden schleifen. Oder den Schubkarren zu

Hilfe nehmen. Nein, sie muss Vera tragen. Mit Schwung hebt sie das Kind hoch, legt es sich über die rechte Schulter, verschränkt die Arme unter dem Po und schleppt es so über den gleichen Pfad, auf dem das Kind heute Morgen in seinem Frottéekleidchen zu ihr gekommen war, ach, das Kleid, sie legt das Kind auf den Boden und rennt zur Terrasse zurück, hebt das Kleid auf, es ist ganz warm von der Sonne, wirft einen Blick in die Plastiktüte, Shampoo, eine Schachtel Buntstifte, ein Zeichenblock, eine Plastikbürste. Sie nimmt die Bürste und geht ruhigen Schritts zu Vera zurück, sie darf jetzt nichts falsch machen, sie breitet das Kleid auf dem Boden aus, legt Vera drauf, zieht die Arme durch die Armlöcher, schließt den Reißverschluss, hebt den Kopf des Mädchens, legt ihn sich auf die Knie und fängt an, das dunkle Haar zu bürsten, »Komm, mein Mädchen«, sagt sie, »ich bring dich nach Hause.« Ungezählte kleine Lichtflecken tanzen auf der fahlen Haut des Kindes, sie küsst es auf den Hals, nimmt seinen Daumen in den Mund, »auf Wiedersehen, liebes Veralein«, murmelt sie, »wir haben ja noch so viel Zeit.« Sie nimmt sie wieder in die Arme und versucht sie hochzuheben, aber sie ist glatt und schlaff und gleitet zu Boden, als ob sie sich weigerte. Inez presst das Kind an sich, trägt es an den Blumenbeeten mit dem roten Klatschmohn, dem weißen Fingerhut, dem Gelb der Ostindischen Kirsche, den violetten Federbüschen des Flieders, den blassgelben Schlafmützchen vorbei, unter den hängenden Blütentrauben des Blauregens entlang, vorbei an den weißen Rosen mit rosafarbener Binnenglut und langen biegsamen Stengeln, die sich im Schatten nach dem Licht recken, den samtenen Eselsohren, dem fleischigen

Meerkohl. Inez hält an einer offenen Stelle zwischen dem Gebüsch inne. Hier verbrennt Hans altes Laub und Geäst. Sie setzt sich auf den Hackklotz. In den Armen Vera Klein, der Kopf hängt nach hinten, die Arme baumeln, die Beine baumeln, sie ist ertrunken, in ihrem Swimmingpool. Der Matrose folgt willenlos der Mechanik von Leine und Speiseröhre. Wie ein Flaschenzug, dem sich niemand widersetzen kann, ein willenloses Geschöpf. Es ist eine Frage des ABCs. Inez muss den Weg zu Ende gehen. Ein Kreuzweg. Station für Station.

Sie trägt Vera an den Hortensien vorbei, an der Linde, dem Farn, dem Rhododendron, der Eiche, den Birken, dem Moos auf dem Boden, dem Unkraut, den Grasbüscheln, den Kieselsteinen, einem Vogelkadaver, ein dürres Skelett, vorbei an Erde, Papierchen, einer Haarklammer, den Buchen, dem Eisendraht, zum Loch im Zaun, sie legt Vera auf den Boden, kriecht durch das Loch und zieht sie dann an den Handgelenken zu sich herüber, eins, zwei, ja, dann wirft sie einen Blick über die Schulter und das Gebüsch auf das Einfamilienhaus mit den herabgelassenen Markisen. Sie schleift das Kind durch die Blumenrabatten bis zum Rasen mit den Kugeln und den Toren des Krocketspiels. Sie lässt sie los und ordnet mit den Fingern das Haar, wischt das blassblaue Gesichtchen mit den Händen sauber. Dann steht sie auf, geht ins Haus, öffnet die Fliegentür und geht in die Küche, ordentlich aufgeräumt, ohne eine Spur von Leben, die Küchentheke glänzt. »Oda, Oda!«, ruft Inez. Aber Oda hatte ihr ja gesagt, dass sie den ganzen Tag fortbleiben würde. Sie durchquert das Zimmer und betritt die Eingangshalle, dort ruft sie noch einmal Odas Namen. Im Arbeitszimmer der Mutter setzt sie sich hin. Auf dem Schreibtisch steht ein Foto von Vera. Das einzige Kind. Ein verschmitztes Lachen. Die Augen zu Schlitzen gekniffen. Das braune Haar in einem Knoten wie eine Ballerina. Auf dem Telefon ein Aufkleber mit der Notrufnummer. Sie versucht ruhig zu atmen.

Inez geht die Auffahrt hinunter zur Straße. Bei den Findlingen bleibt sie stehen und wartet. Die Sonne brennt auf den Asphalt. Die Pappeln bewegen sich nicht in der Stille. In der Ferne der Anfang eines Tons. Mehrere Töne. Sie nähern sich in großen Schüben. Mit Gejammer zerreißt die Sirene die Stille. Schnell wie bei einem Überfall. Inez rennt vor dem Krankenwagen her zum Haus. Die Türen des amerikanischen Kombischlittens fliegen auf. Drei Männer springen heraus. Vorneweg ein Mann mit einer grünen Mütze, zwei Männer in Grün und Weiß folgen. Sie tragen kleine Koffer und Apparate. Inez führt sie durch die Halle und die Küche.

»Wann ist es passiert?«, hört sie hinter sich die Frage.

»Vor zehn Minuten, einer halben Stunde, einer Stunde«, schreit sie außer Atem und stößt die Fliegentür auf.

Die Männer stürzen sich auf das Mädchen, das auf dem Rasen liegt. Sie kicken den Hopsball und die Krocketkugeln zur Seite. Einer von ihnen öffnet den Reißverschluss des Kleidchens und schneidet den Badeanzug auf. Der andere tastet nach der Halsschlagader, hört das Herz ab, untersucht die Pupillen. Auf Veras Mund setzen sie eine Maske, in den Arm bohren sie eine Infusion. Inez hört eine zweite Sirene näher kommen, sie rennt ins Haus und öffnet die Haustür, neben dem Kombi steht ein großer Krankenwagen, zwei Männer in weißen Kitteln steigen aus. Inez eilt ihnen hastig voraus. Sie gehen zu den anderen. Die Männer drängeln sich richtig um Vera. Die Infusion und die Sauerstoffflasche werden hochgehalten. Sie hört die Männer zählen. Und dann eine dritte Sirene. Inez rennt durchs Haus zur Haustür. Zwei Polizisten steigen aus ihrem Wagen und fragen, was passiert sei. Inez sagt, dass das Nachbarskind im Swimmingpool ertrunken sei. Sie geht vor ihnen her.

»Ich sehe keinen Swimmingpool«, sagt einer der Polizisten verwundert.

»Bei mir drüben«, sagt Inez. »Ich bin die Nachbarin.«

»Aber was macht das Mädchen dann hier?«

»Ich habe sie erst nach Hause gebracht.«

Inez sitzt auf der Bank vor dem Küchenfenster. Fünf Männer kümmern sich um Vera. Sie hört sie zählen und keuchen. Die Polizisten versuchen durch Arme und Beine hindurch zu erkennen, was passiert. Der Mann mit der grünen Mütze reibt zwei kleine Bügeleisen aneinander, als er die Eisen auf Veras Brust drückt, treten alle einen Schritt zurück, ein Zittern durchfährt Veras kleinen Körper, sie wird hochgeworfen, Kopf, Arme und Beine federn in die Höhe, dann liegt sie wieder still da, die Männer beugen sich erneut über sie, tasten nach dem Herz, dem Puls, schütteln den Kopf, sie wiederholen das Ganze noch einmal, treten einen Schritt zurück und wieder wirft es den Körper des Mädchens hoch, sie beugen sich über ihn, tasten nach Herz und Puls, der Mann mit der grünen Mütze löst sich aus dem Gedrängel und kommt mit gesenktem Kopf auf Inez zu. Die anderen verstauen die Apparate in den Taschen. Auf dem Rasen liegt eine Puppe.

Vor ihren Augen wird es blau. Blauschwarz. Schwarz. Sie hört Stimmen, keine Worte, dumpfe Schläge in ihrem Kopf, ihre Gedanken bleiben beim Hopsball hängen, schweifen über die Veilchen, den Rasen, den behaarten Arm, den silbernen Sarg, den grauen Sack, die Puppe in diesem Sack, Reißverschluss zugezogen, Sack in den Sarg, Sarg zu, auf dem Sargdeckel die zersplitternde Sonne, schwarze Rücken, hängende Köpfe, vorbei an den Rosen, den Tomaten, den Trauben, dem aufgestapelten Holz, hinein ins schwarze Auto, Heckklappe zugeklappt, die Auffahrt hinunter, nichts wie weg hier.

Alle sind sie fort. Inez legt den Kopf auf den Gartentisch. Sie versucht sich Vera so vorzustellen, wie sie sie beim ersten Mal gesehen hatte. Eine streunende Katze im Gebüsch. Zuerst versuchten sie das Kind durch Schwenken der Arme zu verscheuchen. Aber es blieb, wo es war. Was für ein süßes Ding. Sie locken sie zu sich, wie man ein Kätzchen heranlockt. Hans schnalzt mit der Zunge. Vera geht bis zum Rand des Swimmingpools und steckt einen Finger ins Wasser. Sie verlassen ihre Gartenstühle, krümmen die Rücken und strecken die Arme aus. Vera rennt davon, kommt aber am nächsten Tag wieder. Und am übernächsten auch. Jedes Mal kommt sie ein Stück näher. Eines Tages betritt sie zögernd das Haus. Hans schiebt in einem Ruck die Terrassentür hinter ihr zu. Das Kind ist im Haus. Sie stellt sich vor, es wäre ihre eigene

Tochter, die jetzt in ihrer Kunstsammlung herumspaziert und zu den Gemälden und Skulpturen aufschaut.

Inez steht vor der Holztreppe in der Eingangshalle. Sie schaut hinaus. Niemand in Sicht. Und jetzt nach oben. Sie ist früher schon mal hier gewesen. Rechts ist das Schlafzimmer. Die Tür steht offen. Das Bett mit dem geblümten Überwurf. Die blütenweißen Tüllgardinen. Das Holzkreuz auf der grünen Wand am Kopfende des Bettes. Die Schirmlämpchen auf den Nachttischen. Der Schminktisch penibel aufgeräumt. Der Geruch von Haarspray und Nagellack.

Gegenüber der Treppe das grüne Badezimmer. Auf dem Badewannenrand eine gelbe Plastikente. Auf dem Waschbecken eine bunte Tube Kinderzahnpasta. Durch die roten Jalousien Streifen von Bäumen, Fahnenmast und Himmel.

Links von der Treppe das Kinderzimmer. Roter Teppichboden, roter Schreibtisch, roter Stuhl, ein Bett. Auf dem Bettüberwurf und an den Vorhängen rote, blaue, grüne Männchen Hand in Hand. In einer violetten Plastikkugel vor dem Fenster ein Usambaraveilchen. Die Balkontür steht offen. Töpfe mit Bambus und Papyrus, dahinter die Bäume und Teile eines Strohdachs. Sie zieht am Türknauf des Kleiderschranks. Stapel von Kleidern, zusammengefaltet von Mutterhand, und leere Fächer mit Stoffsäckchen voller Lavendel.

Auf dem Schreibtisch liegt eine Zeichnung. Darauf steht in roter Schnörkelschrift:

Von Vera für Emile

Eine Art Luftblase ist abgebildet. Die Welt um diese Luftblase herum ist zweigeteilt. Zwei Drittel davon nimmt das Blau des Himmels ein, ein Drittel das Grün der Erde. In der Mitte der Luftblase ein Baum, dessen Wurzeln ins Grün reichen. Eine gelbe Sonne, die lacht wie ein stolzer, mähniger Löwe. Ein großer brauner Vogel. Ein Mädchen auf einem Roller. Ein leeres Haus. Die Haustür steht offen. Ist der Vogel ausgebüchst? Das Mädchen und der Vogel gehen in entgegengesetzte Richtungen. Das Mädchen geht nach Hause. Es ist allein. Eingeschlossen vom Blau und dem Grün der Welt. Das Mädchen und der Vogel in der Luftblase. Und das Haus.

2

Gerade kommt der Vater in der grünen Uniform um die Ecke des Schuppens geradelt. Auf dem Kopf ein Barett. Er pfeift »Oh when the saints«. Vor der Kletterrose schwingt er das Bein über den Sattel und steigt ab. Er sagt: »Was für eine Überraschung!«

Inez erhebt sich von der Gartenbank, ihre Lippen zittern.

»Inez, ist was passiert?«

Sie hat die Antwort geübt. »Was ich jetzt sagen muss ist sehr schwer.«

Pauls Blick wird starr. Seine Hände umkrampfen die Lenkergriffe.

Inez verhaspelt sich. Sie kann es nicht.

»Sag schon.«

Inez richtet sich auf und schaut ihm in die hellen Augen. »Vera ist ertrunken.« Ihre Stimme klingt ruhig und kühl. »Man hat sie ins St.-Antonius-Krankenhaus gebracht.«

Sein Gesicht zieht sich zusammen und wendet sich von ihr ab. Er stellt das Fahrrad in den Schuppen. Sie hört, wie der Ständer heruntergeklappt wird. »Wo ist Oda?«, ruft er aus dem Dunkel.

»Weiß nicht. Sie hat Vera heute Morgen zu mir rübergeschickt.«

Aus der Scheune kommt kein Laut. Inez weiß nicht, was sie tun soll. Sie geht in den Schuppen und umarmt den Mann neben dem Fahrrad. Seine Arme hängen bewegungslos am Körper herunter. Sie spürt den groben Stoff seiner Uniform, die kalten Knöpfe. Er löst sich aus ihrer Umarmung, verlässt den Schuppen und bleibt im orangefarbenen Licht unter dem Sonnenschirm stehen. Die Hand im Nacken. »Wie ist es passiert?«

»Ich weiß es nicht.«

»War sie allein?«

»Ich war im Haus.«

»Ist sie hingefallen? Hat sie sich gestoßen?«

»Sie lag unten auf dem Boden. Ich habe sie aus dem Wasser geholt und den Krankenwagen gerufen. Sie haben versucht sie wieder zu beleben.« Inez setzt sich auf die Gartenbank. »Ich habe alles getan, was ich konnte.«

»Wo könnte Oda denn sein?«, fragt Paul verzweifelt.

»Sie hat nicht gesagt, wohin sie wollte. Sie hat mich angerufen und gefragt, ob Vera bei mir bleiben könne, bis du nach Hause kämst.«

»Ich werde mich umziehen«, sagt Paul und geht ins Haus. Er zieht die Fliegentür hinter sich zu. Der Kühlschrank schaltet sich ab und rüttelt nach. Inez stellt sich vor, wie Paul seine Uniform auszieht und zu einem Mann wird, der weint.

Die Eltern zu verlieren ist tragisch, ein geliebtes Wesen zu verlieren unerträglich, aber das eigene Kind zu verlieren, das ist das Schlimmste, was es gibt. So lautet die Hierarchie des Schmerzes. Oda kann jeden Moment nach Hause kommen. Was soll sie ihr nur sagen? Inez weiß nichts über das Elternsein. Am liebsten würde sie jetzt nach Hause gehen, die Tür hinter sich zumachen, die Vorhänge zuziehen, sich ins Bett legen und schlafen, sie ist todmüde, ihr Kopf scheint nur noch herumzubaumeln.

Schritte im Haus. Die Fliegentür wird aufgestoßen. In Jeans und blauem Polo-Shirt steht Paul neben ihr. »Kannst du bleiben, bis Oda kommt?«, fragt er.

»Aber sicher«, antwortet Inez.

Paul geht über den Rasen in Richtung der Fahnenstange. Bei den Sträuchern bleibt er stehen und starrt ins Leere. Er steht dort zehn Minuten, zwanzig, eine halbe Stunde. Inez folgt ihm nach und bleibt hinter ihm stehen. »Willst du schon mal zu Vera vorfahren?«, fragt sie vorsichtig.

»Nein, ohne Oda gehe ich nicht«, antwortet er entschlossen. »Sie ist sicher einkaufen. Die Läden machen um sechs zu.«

Zwei Mädchen mit nassen Haaren radeln Hand in Hand vorbei. Gekicher. Ein Hauch von Chlor. Paul geht zum Kaninchengehege mitten auf dem Rasen. Er bückt sich zu den Tieren hinunter und steckt einen Finger durch den Maschendraht. Dann geht er zum Haus zurück, hebt den Deckel der Regentonne und taucht die Hand hinein, geht in den Schuppen, öffnet die Zwischentür zur Garage. Er schiebt das Garagentor auf, geht die Auffahrt hinunter und bleibt bei den Findlingen stehen. Bei den Hünengräbern würde Oda sagen.

Inez sitzt am Küchentisch. Sie sieht, wie Paul den Hopsball aus den Veilchen hebt und ihn mit beiden Händen vor sich haltend in den Schuppen trägt. Er zieht die Tore des Krocketspiels aus dem Gras, hebt die Bälle und die

Schläger auf. Nachdem er die Tore, die Bälle und die Schläger im dazugehörigen Wägelchen verstaut hat, fährt er es in den Schuppen. Er füllt die Eisengießkanne in der Regentonne mit Wasser und biegt um die Ecke. Etwas später kehrt er zurück, stellt die Gießkanne neben die Tonne, kommt in die Küche und setzt sich neben sie.

»Sie hätten sie hier lassen sollen«, flüstert Inez. »Dann hättest du die ganze Zeit bei ihr sein können.«

Paul schiebt den Stuhl zurück und steht auf. Er geht ins Arbeitszimmer. Inez hört, wie er den Telefonhörer abnimmt und eine Nummer wählt. Er hängt auf und wählt noch eine Nummer. Ein Klicken. Es ist still. Inez geht ins Arbeitszimmer und stellt sich neben ihn. Sie legt ihm die Hände auf die Schulter. Paul dreht sich um und schaut zu ihr hoch. »Kein Einziger ist zu Hause«, sagt er. »Willst du dich nicht umziehen? Du bist ganz dreckig.«

Sie schaut an sich herunter. Die weiße Hose und die hellblaue Bluse sind voller Schlammflecken. Die Sandalen sind schmutzig. Die Arme voller Schrammen. Die Fingernägel schwarz.

Inez zieht die Haustür hinter sich zu und entschließt sich für den Umweg über die Auffahrt. Sie will Oda nicht begegnen und fängt an zu rennen. Erst will sie mit Hans reden. Sie hüpft über die von den Wurzeln des Ahorns hochgedrückten Steinplatten. Die Sonne steht tief über den Bäumen am Ende der Straße. Wie spät mochte es sein? Beim Briefkasten angelangt, geht sie langsamer. Keuchend erreicht sie das Haus. Das Wasser des Swimmingpools bewegt sich nicht. Die Terrassentür steht offen. Inez setzt sich aufs Sofa und wählt die Nummer, die neben dem Telefon auf einem Zettel steht.

»Ich versuche schon seit Stunden, dich zu erreichen«, murrt Hans.

»Was ist denn los?«

»Ich habe wieder eine Aphthe unter der Zunge. Das tut weh, wenn ich rede. Hörst du nichts Komisches an mir?«

»Hans …«

»Wie in aller Welt soll ich mich denn so heute Abend vernünftig unterhalten? Die Leute werden denken, mit mir stimmt was nicht. Ich kann einfach nicht verstehen, woher das kommt. Ich esse doch genug Vitamine und schlafen tu ich auch genug.«

Inez unterbricht ihn. »Vera ist in unserem Swimmingpool ertrunken.«

Totenstille am anderen Ende der Leitung. Inez presst den Hörer in den Schoß. Sie starrt auf das graue monochrome Bild über dem Esszimmertisch. Sie denkt nichts, sie fühlt nichts. Als sie den Hörer wieder ans Ohr legt, ist die Verbindung unterbrochen.

3

Inez steht bei den Findlingen. Das Herz schlägt ihr bis zum Hals. Odas goldfarbener Wagen kommt vor der Garage zum Stehen. Es ist jetzt nur noch eine Frage von Sekunden. Paul kommt aus dem Haus und geht zum Auto. Oda steigt aus, nichts ahnend, im Haar eine Sonnenbrille. Paul legt den Mund an ihr Ohr und greift nach ihren Händen. Inez senkt den Blick. Wilde Erdbeeren. Leises Stöhnen. Stille. Tod. Inez hebt vorsichtig den Kopf. Paul und Oda sind verschwunden. Zögernd geht sie auf das Haus zu. Die Haustür steht offen. Sie sind in der Eingangshalle. Paul in den Armen seiner Frau. Oda schaut Inez mit leerem Blick an. »Mein Kind ist tot«, sagt sie mit einer Stimme aus einer anderen Welt, wo man jedes Wort so ausspricht, als gehörte keines zum anderen und hätte weder Sinn noch Bedeutung. »Kommst du mit?«

Paul sitzt am Steuer. Oda öffnet Inez die Autotür. Sie steigt ein und setzt sich auf die Rückbank. Paul fährt die Auffahrt hinunter und biegt bei den Findlingen in die Straße ein. Oda zündet sich eine Zigarette an. Inez sieht die beiden Köpfe vor sich hinstarren. Pauls Hand liegt auf Odas Knie. Inez vermeidet es, in den Rückspiegel zu sehen. Sie hat Angst vor Pauls Augen. Das Auto füllt sich mit Rauch. Auf dem rechten hinteren Seitenfenster neben ihr Klebebilder mit Pferden, Hunden, Figuren.

Sie parken vor dem Krankenhaus. Der Parkplatz ist bis auf ein paar Autos leer. Die Besuchszeit ist vorbei. Das Wochenende hat begonnen. Inez geht hinter Oda und Paul her. Pfeile zeigen zur LEICHENHALLE. Klinkerbepflasterte Wege an blühenden Blumenbeeten entlang. Paul hält die Schwingtür für Oda und Inez auf. Der Mann bei der Anmeldung deutet zum Ende des Gangs. In einem Plastikschieber auf der Tür ein Etikett, auf dem VERA KLEIN steht. Oda und Paul gehen hinein. Inez wartet draußen auf einer Bank. Sie nimmt ein Papiertaschentuch aus dem Karton, der neben ihr auf einem Tisch steht, und schneuzt sich die Nase. Jetzt wird Hans den Kollegen gerade vom Tod seines Nachbarmädchens berichten. Er trägt keine Schuld, und genau das unterscheidet ihn von ihr. Inez wartet eine halbe Stunde, eine Stunde. Sie sieht vor den Glastüren am Ende des glänzenden Gangs das Licht des Tages langsam verschwinden.

Es ist halb elf. Veras Tür geht auf. Oda stürzt aus dem Zimmer und rennt den Gang hinauf. Paul folgt seiner Frau mit langsamen Schritten. Als die Schwingtür hinter ihm zuschlägt, steht Inez auf und geht in Veras Zimmer. Das Kind liegt unter einem weißen Laken, das bis zum Boden reicht. Es scheint zu schweben. Der Kopf ruht auf einem Spitzenkissen. Das Laken ist bis zum Kinn hochgezogen. Das Haar nach hinten gekämmt, die Augen geschlossen, die fest zusammengekniffenen Lippen hellrot geschminkt, über dem Gesicht ein Schleier des Grimms. Vera, die Zornige. Manchmal fand Inez sie auf ihrem eigenen Bett liegend vor. Das Kind schlich sich ab und zu unbemerkt ins Haus, um zu schlafen. Als ob es das zu Hause nicht könnte.

»Ich kann Oda nicht finden«, hört sie hinter sich sagen. Paul steht atemlos in der Tür. »Kommst du mit?«

Inez folgt ihm durch den langen Gang nach draußen. Odas Auto steht mitten auf dem leeren Parkplatz.

»Was soll ich tun?«, fragt Inez.

»Bleib hier, ich gehe sie suchen.« Paul läuft zur Anmeldung. Inez steht neben dem Auto und blickt sich um. In der Ferne ein paar rollschuhlaufende Kinder unter der Straßenlaterne. Sonst niemand. Wo könnte ein tief trauriger Mensch nur sein?

Im Garten gegen die Rückwand des Schuppens sich lehnend

In der Vorhalle irgendeines Hauses

In einer verrauchten Snackbar, der Tür den Rücken zugekehrt

In einem dunklen Park

Auf der hintersten Bank einer Kirche

Bei einer Freundin.

Oda hat keine Freundinnen in der Stadt. Sie wohnen alle weit weg. Telefonfreundinnen.

Paul kommt ohne Oda zurück. »Keiner hat sie gesehen«, sagt er fassungslos.

Inez versucht ihn zu beruhigen. »Sie wird nach Hause gegangen sein, meinst du nicht auch?«

»Gehen wir.«

Sie steigen ins Auto. Während der Fahrt halten sie überall nach Oda Ausschau. Sie sehen sie auf einem Fahrrad, in einem Auto, bei der Kasse einer Tankstelle, aber jedes Mal, wenn sie langsamer fahren, um nachzusehen, stellt sich heraus, dass sie sich geirrt haben. Sie fahren an den Teichen der so genannten Goldküste entlang, im Wasser spiegeln sich die Lichter der Villen.

»Hier ist Oda so gerne mit Vera spazieren gegangen«, sagt Paul, als gehöre jetzt keine der beiden mehr der Gegenwart an.

Das Haus liegt im Dunkeln. Paul bittet Inez, doch drinnen auf Oda zu warten. Sie streichelt ihm über die Wange und steigt aus. Paul öffnet ihr die Haustür und fährt wieder weg. Inez steht in der dunklen Eingangshalle. Sie ruft »Oda«, wie sie es am Nachmittag schon getan hatte. Keine Reaktion. Inez knipst sämtliche Lampen an. Sie hat Angst. Oda ist weder im Arbeitszimmer noch im Wohnzimmer noch in der Küche. Inez geht nach oben, öffnet Türen, schaltet Lampen ein, aber keine Oda, sie steigt sogar die Treppe zum Dachboden hinauf, aber dort kann sie den Schalter nicht finden, das Licht von Autoscheinwerfern schweift an der Decke entlang und lässt sie zusammenschrecken, ihr kommen die Tränen, sie rennt die Treppen hinunter und lässt sich im Wohnzimmer aufs Sofa fallen.

Inez erinnert sich daran, wie sie Oda kennen lernte. Zuerst die Stimme. Eine tiefe Stimme, die verführt und verlangt. Ihr Gesicht in der Hecke. Eine schöne Frau. Würdevoll. Sie sieht Vera ähnlich. Braune Augen. Schmales Gesicht. Wangengrübchen. Wie alt? Vierzig vielleicht. »Haben Sie nicht Lust, uns mal zu besuchen?«, fragt Inez höflich.

Eines Abends kommt sie mit Paul und Vera. Das Mädchen zerrt sie vor das monochrome Bild hinter dem Esstisch. Tochter und Mutter vor der grauen Fläche. Oda sagt, dass ihr das Bild ganz außerordentlich gut gefalle. Hans zeigt Paul das Foto vom Mann mit den Spiegelaugen. Sie setzen sich etwas abseits. Oda neben ihr auf dem Sofa. Während sie eine Zigarette raucht, erzählt sie, dass sie auf dem Gymnasium unterrichte. Deutsch. Sie springe ein, wenn jemand krank sei oder schwanger. Es sei wunderbar, nicht fest an einer Schule angestellt zu sein. Immer dieselben Gesichter, das sei doch bedrückend. Sie sieht Vera zu, die vor dem Schreibtisch auf dem Drehstuhl kreiselt. »Außerdem will ich oft bei ihr sein«, sagt sie und lacht.

Es folgt ein Gegenbesuch. Ein paar Wochen später. Ein Wohnzimmer voll antiker Möbel. Im Kamin brennt ein Feuer. Auf dem Wohnzimmertisch eine Schale voller Zigarettenpäckchen. Ein silbernes Feuerzeug. Eine Vase mit Blumen. Ein Kerzenständer mit einer Kerze in der Farbe der Blumen. Im Arbeitszimmer eine Art Staatsporträt. Oda in langem Kleid, Glacéhandschuhe bis zu den Achseln hinauf, Paul in weißer Abenduniform, er schaut voller Bewunderung auf seine Frau.

Oda ist sehr attraktiv. Sie hat schöne Beine. Sie gibt Paul Befehle mit ihrem Kinn. Er legt Holz aufs Feuer und öffnet eine Flasche Wein.

Inez bekommt Kopfweh von der Hitze, den Nikotinschwaden, dem Rauch des Kaminfeuers. Sie bittet um ein Aspirin. Oda nimmt sie mit nach oben, reicht ihr eine Tablette und ein Glas Wasser. Während sie nebeneinander auf dem Bett sitzen, untersucht Oda Inez' Fingernägel. Sie rät ihr, Nagelhärter zu benutzen. Inez wirft einen Blick auf den Schminktisch. Töpfchen und Tuben penibel geordnet. Eine goldene Dose Haarspray. Inez fühlt sich neben dieser Frau wie ein kleiner Junge. Sie sieht die Blumenvorhänge, über dem Bett ein großes Kreuz, ein Foto der niederländischen Königin mit dem Prinzen. Hinter einer der anderen Türen liegt Vera und schläft.

Der Ton der Freundschaft ist angestimmt. Von jetzt an kann Oda Inez bemuttern. Sie bringt ihr manchmal kleine Blumensträuße. Oda nennt sie Biedermeierchen. Inez mag keine Blumen im Haus. Sie stellt sie in die Garage. Immer wieder bittet Oda sie, einen Nachmittag lang auf Vera aufzupassen. Dann kommt sie mit dem Auto vorgefahren, setzt Vera ab und fährt wieder weg. Zur Schule? In die Stadt, Kleider kaufen? Zum Friseur? Wo fährt Oda um Himmels willen nur immer hin?

4

Inez ist auf dem Sofa eingeschlafen. Sie schreckt auf. Sie sieht ihr Spiegelbild im Fenster, erhebt sich und zieht die Vorhänge zu. Es ist 2.05 Uhr. Oben klappert ein Fenster. Sie geht in die Eingangshalle. Die Haustür ist zu. Als sie das Arbeitszimmer betritt, wird ihr schwindlig. Sie hält sich am Türknauf und an der Kante des Schreibtischs fest. »Ich weiß, dass du hier bist«, ruft sie ängstlich. Das Geräusch eines Autos. Eine Tür wird zugeschlagen. Schritte auf den Steinplatten. Ein Schlüssel im Schloss. Die Haustür geht auf. Voller Angst dreht sie sich um. Im Spiegel der Eingangshalle sieht sie Paul die Tür hinter sich zuziehen.

»Ist sie noch nicht da?«, fragt er.

»Nein.«

»Hat sie angerufen?«

»Nein.«

Inez setzt sich an den Schreibtisch. Paul stellt sich neben sie. »Ich habe sie überall gesucht«, sagt er. Er legt die Hand auf ihre Schulter und betrachtet das Foto seiner Tochter. Odas Terminkalender ist beim heutigen Datum aufgeschlagen. Mitten auf der leeren Seite ein schwarzes Kreuz aus Tinte.

»Hast du die Polizei angerufen?«, fragt Inez.

»Ich warte, bis es hell ist.«

»Arme Oda.«

»Sie muss jeden Augenblick kommen.«

»Aber sicher.«

»Ich lass' das Bad ein und schenke ihr ein Glas Wein ein.«

»Sie wird sicher todmüde sein.«

»Es ist gut, dass du hier bist«, sagt Paul. »Wo ist Hans?«

»Er ist in Amerika. Er wird noch vor der Beerdigung zurück sein.«

»Beerdigung«, murmelt Paul, »oder Verbrennung.« Er dreht sich um und geht nach oben.

Inez schaut auf die Uhr. Es ist drei Uhr. Sie nimmt die Aluminiumfolie von der Schüssel, die auf der Küchentheke steht. Chicorée mit Schinken und Käse, gekocht von Oda. Sie schaltet den Herd ein und deckt den Tisch. Sie schiebt die Schüssel in den Backofen und fragt sich, ob sie Kerzen auf den Tisch stellen soll. Lieber nicht. Sie geht nach oben. Paul sitzt auf Veras Bett. Auf seinem Schoß die Zeichnung. Inez setzt sich neben ihn und legt ihm den Arm um die Schulter. »Ist Emile ein Junge aus ihrer Klasse?«, fragt sie.

Paul nimmt ihre Hände und küsst sie. »Nein, Emile ist ein Kamerad von mir.«

Als sie seinen Atem an ihrem Hals spürt, fängt sie an zu zittern. Sie versteht sich selbst nicht. »Komm, wir gehen was essen«, schlägt Inez vor.

Paul und Inez sitzen vor ihren Tellern. Paul stochert im Essen herum. »Gestern, nein, vorgestern, hatten wir unseren zehnten Hochzeitstag. Ich habe im Restaurant ›Het Wapenfeit‹ einen Tisch reservieren lassen. Aber Oda fühlte sich nicht wohl und ist früh zu Bett gegangen. Ich habe mir gedacht: Dann feiern wir halt am Wochenende. Also habe ich wieder angerufen, damit sie am Samstag um sieben einen Tisch für uns freihalten sollen.« Er legt Messer und Gabel neben den Teller. »Heute ist Samstag.«

»Versuch, was zu essen.«

»Ich kann nicht.« Pauls Augen sind auf die Küchentür gerichtet. »Ich kann nicht mal an Vera denken, weil ich die ganze Zeit an Oda denken muss.«

Inez isst den Chicorée. Den Schinken rührt sie nicht an. Paul starrt vor sich hin. »Wenn dir jemand sagen würde, du bekämest ein Kind und würdest es wieder verlieren, was würdest du tun?«

Inez schaut Paul schweigend an.

»Also, sag, was machst du dann?«

»Ich weiß es nicht, Paul.«

»Du bist jung und wohnst in den Tropen. Deine Kameraden sitzen um dich herum und lachen die ganze Zeit. Eine zahnlose, schwarze, alte Frau, die eine Opiumpfeife raucht, schaut dich dumpf an, sie ist ein Teil des Urwalds, gehört zu den Tieren ... Du glaubst, dass der Kompaniepfarrer, der dir ihre Worte übersetzt, dich auf den Arm nimmt, und du vergisst es wieder, führst dein Leben, führst Krieg, aber an dem Tag, an dem deine Frau dir sagt, dass sie schwanger ist, da ist es wieder da, die Erinnerung spukt in deinem Inneren herum, aber du verdrängst es stolz, weil das Leben, das sich in diesem Bauch ankündigt, viel stärker ist, du vergisst es wieder, du versuchst dauernd, es wieder zu vergessen, und gerade weil du dauernd versuchst, es zu vergessen, erinnerst du dich immer wieder daran, jedes Mal, wenn du dein Kind im Arm hältst, nachts wirst du mit dem Gedanken wach, du schiebst ihn weg, doch er kommt immer wieder wie ein Punchingball.« Paul räuspert sich. »Die ganze Zeit sehe ich diese dumpfen Augen vor mir, obwohl ich doch an Veras strahlende Augen denken möchte.«

Inez hält Pauls Hand. Sein Blick ist in sich gekehrt.

»So im Nachhinein klingt das Lachen deiner Kameraden wie Hohn, sie lachen dich aus wegen des Kummers, der dich erwartet, und am lautesten lacht dein bester Kamerad, aber du fühlst dich beschützt von seinem Lachen, weil er die Worte der Frau weglacht, auslacht, totlacht. Und du hast Lust, dich neben ihn zu stellen und mitzulachen …«

Paul steht auf und geht zum Fenster. Er starrt hinaus. »Was ist, wenn sie nicht wiederkommt«, sagt er. »Dann habe ich niemanden mehr. Niemanden.«

Es ist dunkel draußen und dunkel drinnen. In der Finsternis leuchtet die Uhranzeige. 3.55 Uhr. Ihr geht das schwarze Tintenkreuz nicht mehr aus dem Kopf. Der Mast des Schiffs. Der Matrose baumelt einsam an der Spitze und starrt übers wogende Meer. Oben unter der Dusche der trauernde Vater, der wartende Ehemann. Gleich wird der Tag beginnen, der Pastor wird kommen, der Bestattungsunternehmer, der Schuldirektor und der Hausarzt, er wird Entscheidungen treffen müssen über Beerdigung, Verbrennung, Sarg, Kleidung, Grabstein, Trauerzug, den Text für die Trauerkarte, die Zeremonie, die Musik, Paul wird damit warten, bis Oda kommt.

Das Wasser läuft jetzt schon seit einer Stunde. Inez geht nach oben. Die Badezimmertür steht einen Spalt offen, sie ruft »Paul«, keine Antwort, die Tür zum Schlafzimmer ist geschlossen, sie klopft an die Tür, keine Reaktion, sie geht zurück zum Badezimmer, das monotone Rauschen macht ihr Angst, er wird doch nicht … noch mal ruft sie seinen Namen, öffnet langsam die Tür, die leere Wanne, das WC, das Waschbecken, der Spiegel, unbeschlagen, hinter den Türen der Duschkabine seine Gestalt, Inez ruft »Paul«, er reagiert nicht, zögernd betritt sie das Badezimmer, schiebt die Tür der Duschkabine auf, er lehnt an der Wand, die Arme hängen schlaff herunter, das Kinn liegt auf der Brust, seine Haut ist kalt, sie dreht die Wasserhähne zu, nimmt ein Handtuch vom Halter hinter sich, steigt in die Kabine und reibt ihn mit dem Handtuch trocken, »Paul«, flüstert sie, sie rubbelt seinen Rücken, seine Arme, sie rubbelt heftig, »Paul, bitte«, sie schlägt ihm ins Gesicht, sie rüttelt an seinen Schultern, seine Arme fangen an sich zu bewegen, sein Kopf hebt sich, wie ein Kind klammert er sich an ihr fest, legt ihr den Kopf auf die Schulter, sie hilft ihm aus der Dusche, setzt ihn auf den Badewannenrand, stellt sich vor ihn, legt ihm ein Handtuch um, wiegt ihn in den Armen, er zittert, klappert mit den Zähnen, presst seinen Kopf gegen ihren Bauch, er klammert sich mit seinen Beinen an ihre, sie reibt ihm mit dem Handtuch über das nasse Haar, seine Finger bohren sich in ihren Rücken, ihr Unterleib prickelt, in der Ferne das Geräusch eines Autos, eine Tür wird zugeschlagen, ein Auto fährt weg, Inez löst sich aus Pauls Umarmung und läuft ins Schlafzimmer. Sie zieht die Vorhänge auf. In der Morgendämmerung sieht sie jemanden die Auffahrt heraufkommen. In jeder Hand einen Koffer. »Oda kommt!«, ruft Inez. Sie rennt die Treppe hinunter und öffnet die

Haustür. Vor ihr steht Oda zwischen zwei Koffern. Sie schaut Inez an mit dem traurigsten Lächeln, das sie je gesehen hat.

II

November 1980

1

Zum letzten Mal steigt Paul auf das Sprungbrett seines Swimmingpools in Paramaribo, er drückt den Rücken durch, streckt seine Arme zur Seite, richtet die Augen auf das Brettende, holt tief Luft, macht drei kleine Schritte, stößt sich mit dem linken Fuß vom Rand ab, streckt die Arme nach vorn, steigt auf, schießt über das Wasser, berührt, den Kopf zwischen den Armen, die Wasseroberfläche, taucht ein und kommt ein paar Meter weiter wieder zum Vorschein, stößt abwechselnd einen Arm nach dem anderen ins Wasser, während er die gestreckten Beine auf und ab bewegt, er folgt der dunklen Linie auf dem Beckenboden, nach drei Armschlägen schnappt er seitlich nach Sauerstoff und atmet unter Wasser aus, am Ende der Linie krümmt er den Oberkörper, zieht die Beine an, macht kehrt, hockt sich gegen die Wand, stößt sich ab und folgt der Bodenlinie wieder zurück, er ist gewichts- und alterslos, so war er, als er sieben, vierzehn und fünfundzwanzig war, und so ist er immer noch, sechsundfünfzig Jahre alt, er erhöht die Anzahl der Schläge, Paul stellt sich vor, den Ozean zu überqueren und zu Oda zurückzuschwimmen.

Nach hundert Bahnen stützt er sich mit den Ellbogen auf den Beckenrand. Bakabanas schwerer Körper entfernt sich vom Terrassentisch in Richtung Haus. Sie trägt ihr rotes Festtagskleid, goldene Ohrringe und Armbänder. Jane sitzt auf der Türschwelle und spielt mit einer Puppe.

Paul stemmt sich aus dem Wasser und klettert auf den Rand. Mutter und Tochter verschwinden im Haus. Mit den Händen wischt er sich die Tropfen vom Körper und greift nach dem Handtuch, das auf einem Stuhl bereitliegt. Er geht zum Tisch und schenkt sich ein Glas Fruchtsaft ein. Während er eine Semmel mit Marmelade isst, sieht er Bakabana hinter dem Schlafzimmerfenster. Sie packt gerade seine Koffer. Ab und zu erteilt sie ihrer Tochter ein paar Instruktionen. Paul liest noch einmal Hans' und Inez' Brief, der heute Morgen mit der Post gekommen ist. Ihre Bitte erreicht ihn zu spät. Seine Abreise aus Surinam käme so überraschend. Er spürt, dass die Augen seines olivgrünen Kameraden auf ihn gerichtet sind. Von seinem Ast aus beobachtet dieses Fabeltier mit Krone und Rückenkamm hoch erhobenen Hauptes abwechselnd Paul und Bakabana, als suche es eine Verbindung zwischen ihnen und begriffe auf einmal, dass es seine Tage von jetzt an ohne Paul würde verbringen müssen.

*

COUNT YOUR BLESSINGS

liest Oda laut vor. Sie stützt sich auf ihren Schreibtisch, in ihrem Zimmer, in ihrem Haus, zieht an ihrer Zigarette und starrt auf das Stickbild mit dem Spruch. Sie zählt die Büroklammern, siebzehn, die Gummis, zwölf, die Reißnägel, dreiundzwanzig, die Rabattmarken vom Supermarkt, hundertunddrei.

Du musst nur immer an die Farbe Grau denken, hatte Hans ihr einmal geraten. Nicht dunkelgrau, nicht hellgrau, sondern ein mittleres, langweiliges Grau, ein bewölkter Tag, heute, Nebel, langsamer fahren, Abstand halten.

Ihre Finger fahren an der Adressenkartei entlang. Sie zieht das erste Kärtchen des Buchstabens A heraus und legt es neben das Telefon. Das silberne Kaninchen, das ihr Bruder vor Jahren aus Phnom Penh für sie mitgebracht hatte, schiebt sie zur Seite. Es ist ein Pillendöschen. Für Schlaf-, Beruhigungs- und Vergesspillen. Die Vergissmein-nicht-Pillen hat sie das Klo runtergespült. Ihre Erinnerungen dürfen ruhig weggespült werden, ab ins Meer, weit weg, und von ihr aus ein eigenes Leben

Stopp!

führen zwischen tropischen Fischen, sich im Seetang verhaken, sich von der Schiffsschraube eines Tankers durcheinander wirbeln lassen, oder sich

Stopp!

zu einer Blutkoralle verhärten oder hinabsinken zum Meeresboden und in einem Wrack landen, zwischen chinesischem Porzellan und Golddukaten, die noch nicht entdeckt worden sind

Grau! Grau!

vom Froschmannkönig, der einst in dieser Grotte landete, um

COUNT YOUR BLESSINGS

that was close …

Solange sie zusammen sind, muss sie nett zum Kaninchen sein, in dessen Bauch das linke Ohr liegt. Die Haushälterin hatte es beim Saubermachen abgebrochen. Und anstatt ihr Missgeschick einzugestehen, hatte sie es einfach neben das Kaninchen gelegt. Als ob das Ohr von selber abgefallen wäre. Wie ein Blatt im Herbst. Wahrscheinlich Durchzug im Haus. Oder ein seltener Fall von Materialermüdung. Ach weh, ach weh, dachte das Ohr, ich kann nicht mehr. Oder vielleicht wollte die Haushälterin den Eindruck erwecken, es wäre Oda selber passiert. Und wie sollte das vor sich gegangen sein? Soll Oda das Ohr des lieben Kaninchens mit Absicht zerbrochen haben? Ein typischer Anfang von Schreibtischvandalismus. Man zerbricht einen Bleistift, ja. Man reißt das Löschpapier von der Schreibtischunterlage. Man zerschmettert den Briefbeschwerer. Man vernichtet die Blätter des Zettelblocks. Man zertrümmert mit einem Faustschlag die Briefwaage und schlägt ein für alle Mal die Tür des Arbeitszimmers, in dem es sowieso nie etwas zu arbeiten gab, hinter sich zu.

*

Paul nimmt eine Dusche, rasiert sich, duscht ein zweites Mal, schneidet sich die Nägel, reinigt die Ohren und zieht sich an. Bakabana hat schon die Uniform für seine Rückreise bereitgelegt. Das weiße Hemd, die weiße Hose, die schwarze Krawatte, die schwarzen Schuhe, die weiße Uniformjacke mit den Litzen und den Sternen, die weiße Mütze mit dem schwarzen Band und dem goldenen Lorbeerkranz. Vor dem Spiegel heftet er sich die Orden an und verlässt das Haus, die Mütze unter dem Arm. Er begrüßt den Chauffeur, der die Koffer zum Mercedes trägt. Bakabana steht mit einem Zweig feuerroter Faja Lobies bereit, die sie im Garten geschnitten hat, und mit einer

Plastiktüte voller Früchte. Sie will gern mit zum Flughafen kommen, aber Paul will lieber allein fahren. Zum Zeichen ihres Missfallens stößt sie ein schmatzendes Geräusch aus. Jane will es doch so gerne. In hellgelbem Kleid und weißen Lackschuhen mit weißen Söckchen steht das Mädchen neben ihr. Zwei Zöpfe mit gelben Bändern. Gekleidet für einen Ausflug. Paul hebt Jane hoch und küsst sie auf die Stirn. Er reicht sie Bakabana und geht zum Auto. Bakabana und Jane folgen ihm bis zum Zaun. Hinter sich hören sie einen lauten Plumps und drehen sich um. Der Leguan kriecht am Swimmingpool vorbei und verschwindet hinter dem Haus. Jane fängt an zu weinen. Paul winkt Mutter und Tochter zu und steigt ein. Als das Auto sich in Bewegung setzt, hält Paul den Blick geradeaus gerichtet. Er kann keinen Abschied nehmen.

*

Der Oberstleutnant verschanzt sich hinten in seinem tropischen Kramladen, Obststand, Süßigkeitenstand, Fleischstand

Stopp!

Bakabana kippt vornüber, Bakabana stürzt, Bakabana fällt neben dem Oberstleutnant aufs Bett. Wie eine Bananenschale zieht er ihr das Kleid vom schwarzen Körper

Grau!

Ach herrliche Bakabana, murmelt er, Köchin aller Köchinnen, und dann: Köch-rin, Köch-raus, Köch-rin, Köch-raus

Stopp!

Köch-rin, Köch-raus, Köch-rin, Köch-raus.

Die ganzen Jahre über hat Bakabana ihn gesättigt, jetzt wird er ihr kurz vor der Abreise auf dem Sprung noch einen Gegendienst erweisen und sie seinerseits sättigen, er wird seine Kokossäfte in ihren

Grau!

ihren Urwald spritzen, wird wie eine Sintflut ihre gesamte Flora und Fauna überfluten.

Dieses Grübeln muss aufhören. Und zwar jetzt gleich! Soll er sie doch auffressen, oder sie ihn.

Ihretwegen bräuchte er nicht so schnell wiederzukommen. Wie der Junge bei Freddy Quinn oder der verschollene Soldat.

Aber es ist zu spät, der Oberstleutnant hat seinen tropischen Saft- und Kramladen hinter sich gelassen, das heißt unter sich, wie hat er gesagt sieht doch von oben alles aus? Wie Grünkohl, wie Grünkohl. Der Oberstleutnant, der in der Fremde jahrelang Heldentaten vollbracht hat, kehrt zurück, nach Hause, wie er glaubt, aber es ist sein Haus nicht mehr, das soll er mal gleich kapieren, zuerst jahrelang wegbleiben und dann plötzlich nach Hause kommen, weil sie ihn drüben nicht mehr brauchen. Der Oberstleutnant wird mit seinen Koffern die Treppe hinaufgehen und das Schlafzimmer betreten, aber was er dort zu sehen bekommt, dort, wo er einst seinen Körper räkelte, wo er ihr den Rücken zukehrte, wird er nicht sehen, was er zu sehen erwartet …

Oda nimmt den Papermate-Stift zur Hand, ein Stift mit einem Herzchen, un cœur simple, ein beseelter Stift, das Herzchen pumpt die Tinte durch den ganzen Stiftkörper. Sie hat ihn gekauft, weil ihr der Verkäufer im

Schreibwarengeschäft gesagt hatte, man könnte damit auch in der Horizontale schreiben. Das wäre praktisch, wenn man im Bett Kreuzworträtsel lösen möchte. Hat er das vielleicht nur gesagt, weil er wusste, dass ihr Mann so weit weg war … Der sollte sich besser an seine Frau halten, die hinter dem halb geöffneten Vorhang gerade die Buchhaltung erledigt. War sie nicht eine der wartenden Mütter vorm Schulhof?

Sie brauchte einen Notizblock. Und ein paar Geburtstagskarten. Vielleicht die mit den Tulpen drauf. Oder die Familie auf der Weltkugel. Ein Junge drückte sich vor den Comics herum, linste aber eindeutig zu den Männerzeitschriften hin. Es war ein süßer Junge. Ein Einzelgänger. Einer der Jungen, die ein entsetzlich selbstquälerisches Gedankenleben entwickeln. Oda hat viel und oft die Kinder anderer Leute beobachtet.

Und Karteikarten. Und diesen außerordentlichen Stift auch. Der Verkäufer hatte stolz gelacht. Er wusste, wie man Sachen an die Frau brachte. An die alten grünen Witwen aus diesem ach so ordentlichen Dorf hier. Und ein paar Kreuzworträtsel. Sie hatte eine große Auswahl. Mit drei Rätselheften verließ sie den Laden. Die Frau kam hinter dem Vorhang vor und stellte sich zu ihrem Mann vor die Ladentür. Oda wünschte ihnen einen guten Tag. Als sie davonfuhr, winkte sie aus dem Schiebedach ihres Autos noch kurz mit der Hand.

Dann kaufte sie beim Dicken Otto einen Feueranzünder für den Kamin. Beim Bezahlen ließ sie sich von ihm noch Treibkerzen aufschwatzen. Ja, ja, sicher um ihr die einsamen Stunden zu erleuchten. Sie sah die Flämmchen schon in seinen Augen leuchten. Und ein Päckchen rote Kokosseife für Paul. »Das ist lange her«, sagte der Dicke Otto. Er war anmaßend.

Plötzlich sah sie den kleinen Jungen wieder. Er stand vor den Gläsern mit der Lakritze. Er zeigte Otto, welche er haben wollte. Oda wartete im Auto, bis der Junge wieder aus dem Geschäft käme. Sie wollte ihn noch einmal sehen. Er war so schön und so zart. Ein richtiger little Lord Fauntleroy. Eigentlich müsste er jetzt in der Schule sein. Wo blieb er nur? Unterhielt er sich vielleicht mit diesem unheimlichen Zwerg dort drin? Als sie in die Straße einbog, sah sie ihn im Rückspiegel gerade aus der Drogerie kommen. Während sie nach Hause fuhr, überlegte sie, was die Mutter des Jungen wohl alles in seinen Taschen finden würde, bevor sie die Hose in die Waschmaschine steckte?

Eine Büroklammer
Einen Nagel
Einen Radiergummi
Eine Walnuss
Einen Schlumpf
Einen Legostein
Die Scherbe einer alten Vase.

Auf den Notizblock schreibt Oda mit dem Herzchenstift: Kaninchen zum Juwelier bringen. Sie rückt die Sonnenbrille auf dem Kopf zurecht. Sie trinkt den letzten Schluck Whiskey im Glas. Aus der Handtasche, die über dem Stuhl hängt, angelt sie ein Päckchen Zigaretten und steht auf. Sie prüft mit dem Finger, ob die Pflanzenerde im Kupferfässchen in der Nische nicht zu trocken ist und gießt sie. Was du heute kannst besorgen, das verschiebe nicht auf morgen.

*

Wolken unter den Flugzeugflügeln, über ihnen dünne, zarte Luft, noch höher schwerelose Finsternis, Nebelschleier ziehen vorüber wie Geister, ein Pferd, ein Einhorn, die Sonne scheint in der Tiefe zu versinken, Wolken wie Grabhügel, Zuckerwatte, Pudel, Elefanten mit hoch erhobenen Köpfen, Hasen mit langen Ohren und geschlossenen Augen, ein Tunnel voller Lärm, Stimmen im Hintergrund, ein Spielplatz, ein Campingplatz, das orangefarbene Licht eines Zeltes, Kinderschatten auf einer Zeltwand, plötzlich auf seinem Knie die Hand eines Mädchens, das den Gang entlanggeht, nichts ist für immer verschwunden, vielleicht gehen Menschen und Dinge verloren, aber verschwinden tun sie nie, vergessene Erinnerungen suchen sich einen Weg, lassen sich willenlos mitschleifen im Sog eines Flügelschlags oder kämpfen sich neugierig durchs Universum und landen schließlich in den Träumen oder in den Phantasien anderer, oder sie irren einfach in der schwerelosen Finsternis herum … nichts verschwindet für immer … When the red light goes on, we are ready for the sergeant, to shout, »Number one«. Then we all huddle up close together and we jump through the door, one by one … wie ging die Melodie doch wieder, die Melodie von »Red River Rock« … When you're heading down for a landing, just remember your sergeant's advice, »Keep your feet and your knees close together, and you'll meet mother earth very nice. So now, boys, lift up your glasses steady, for a toast to the men of the sky, or a toast to the men, dead already, and three cheers for the next men to die.«

*

Zuerst wird er sich danach erkundigen, was sie denn während seiner Abwesenheit so alles getan hat. Nichts hat sie getan. Sie hat es genossen, allein zu sein. Aber das behält sie für sich. Dabei ist »genossen« nicht einmal das richtige Wort, sie hat sich an seiner Abwesenheit gelabt. Die Tage und die Nächte waren nicht wie üblich. Sie musste sie selber gestalten. Sie wollte die Leere auskundschaften. Sie überall berühren. Nur wollte sie vermeiden, sie von Anfang an zu besudeln. Sie lauschte auf seine ausbleibenden Schritte auf der Treppe, darauf, dass die Tür nicht auf- und zuging, dass keiner ihren Namen rief. Die Matratze neben ihr blieb unbenutzt. Sein Atmen bestimmte nicht länger den Rhythmus der Nacht. Doch schon am ersten Abend wurde die Ruhe, auf die sie sich so lange gefreut hatte, gewaltsam gestört. Pauls Stimme drang aus einer anderen Welt zu ihr. Er hätte sich Sorgen gemacht, weil die Leitung die ganze Zeit besetzt gewesen wäre. Während er ausführlich Bericht erstattete, skandierte Oda im Stillen: Das hier will ich nicht! Es interessierte sie nicht, was er getan hatte, was er sah, woran er dachte. Sie ballte die Fäuste. Dieser einsame Mann in seinem Hotelzimmer machte sie traurig. Wenn sie mit Freundinnen telefonierte, dann wollte sie nicht darüber nachdenken müssen, ob er in seiner einsamen Höhle gerade versuchte sie zu erreichen und mutlos den Hörer auflegte. Sie wollte kein Mitleid haben müssen.

*

Paul ist im Flugzeug eingeschlafen. Er träumt von einem Sommertag. Der Himmel ist stahlblau. Er sitzt im Auto, mit offenem Verdeck. Er kann tun, was er will, langsam fahren, schnell fahren, jede beliebige Richtung einschlagen. Niemand wartet auf ihn. Unten am Fluss sieht er ein Mädchen mit einem Käscher spielen. Er hält an und kurbelt das Fenster herunter. Das Mädchen bemerkt ihn nicht. Er betrachtet das Mädchen in der Landschaft. Die Mühle, die Wiese, den Waldrand, das Wasser, das Mädchen. Ein regloses Bild. Er kann sich als Einziger in diesem Bild bewegen. Er stellt sein Auto am Straßenrand ab und geht vorsichtig zu dem Mädchen hin. Er setzt sich neben das Mädchen ins Gras. Es fragt ihn nichts und er fragt das Mädchen nichts. Das Mädchen schöpft einen toten Fisch aus dem Wasser und legt ihn auf das Ufer. Es nimmt ein Stöckchen und stochert in dem Fisch herum. Es bricht das Stöckchen in zwei Teile und gibt ihm eine Hälfte. Während sie zusammen den Fisch bearbeiten, fallen ihm allerlei Dinge auf: der Silberrand der Wolken, die kahlen Flecken im Gras, Fellbüschel von Pferden im Stacheldraht. Und er fragt das Mädchen: »Wo schläfst du heute Nacht?« Das Mädchen reagiert nicht. Es ist in Gedanken versunken. Weil sie ihm keine Antwort gibt, wiederholt er seine Frage. Wo schläfst du heute Nacht?

*

Sie sitzt im Arbeitszimmer und liest noch einmal Pauls letzten Brief. Auf dem Umschlag klebt eine holländische Briefmarke.

Liebe Oda,
das hier ist mein letzter Brief aus Parbo. Heute Morgen habe ich die Akten und die Schlüssel Heyermans ausgehändigt, Gierstra muss jetzt jeden Augenblick auf dem Flughafen ankommen, ich habe alle Banksachen erledigt und mit Bakabana die Party heute Abend besprochen. Nächste Woche um diese Zeit stehe ich schon auf dem Flughafen und fliege heim. Feine Sache! Jetzt nur noch wenige Barrieren, die meisten davon angenehm. *Feine Sache! Was ist denn das schon wieder für eine Abgeschmacktheit. Jetzt, wo man ihn zurückbeordert hat, freut er sich plötzlich auf zu Hause. Und was soll das überhaupt: feine Sache! Für Paul scheint alles fein und lustig zu sein, sogar Hindernisse, denn Paul liebt Hindernisse, bei denen hat er wenigstens einen Moment lang das Gefühl zu leben.* Das Grillfest heute Abend (ca. 70 Personen) wird sicher ganz lustig, dann morgen Abend anlässlich meiner Abreise bei Berkhofs ein Cocktailempfang, ca. 50 Gäste, unter ihnen der Botschafter, und am Mittwoch gibt Lodewijk ein Diner, ca. 12 Gäste, am Donnerstag wird um meiner Wenigkeit willen in der Botschaft das Glas erhoben. Eigentlich hätte Gierstra ja moralisch die Pflicht gehabt, ebenfalls etwas für mich zu organisieren, aber ich glaube, er hat nicht mal mehr die Zeit dazu. Von mir aus braucht er das auch nicht. Man erweist mir Ehre genug. Steh verdammt hoch im Kurs. *Hat sie da richtig gelesen? Paul steht hoch im Kurs. Glaubt, er sei ein Hit, ein Schlager, ein Lied, das jedem gefällt, an dem sich keiner stößt, das alle von den Dächern pfeifen, eine Melodie, die einem ins Ohr geht.* Am Montag dann das Umzugsunternehmen. Ich hoffe, dass der Barang noch vor

deinem Geburtstag zu Hause ankommt, weil ein hübsches Geschenk für dich drin ist. Und an diesem Festtag wollen wir ein richtiges Festkleid für dich kaufen. Schön und teuer, denn ich komme nicht mit leeren Händen. Für mich können die Stunden nicht schnell genug vorbeigehen. Johnny hat schon mit dem weißen Safarianzug für dich angefangen. Ich bringe ihn mit der gekürzten Khakihose und dem Gürtel im Koffer für dich mit. Zufrieden, mein Schatz? *Mister Hochimkurs wird mit den Händen voller Geschenke nach Hause kommen. Ein Safarianzug! Ungeheuer praktisch für die Dschungelexpeditionen durch den Garten, wenn sie hinter der Buchenhecke sitzend heimlich Hans' und Inez' Gärtner beobachten will, weil der jedes Mal, wenn er sich bückt, um ein Blatt aufzuheben oder eine Brennnessel aus der Erde zu ziehen, ein Stück weißes Fleisch sehen lässt, das so unappetitlich ist wie nacktes Zahnfleisch, nein, nein, sie wird nicht hinsehen, sondern vielleicht im Gebüsch nach einem Nest suchen, wo piepsende Jungen auf ihre Mutter warten, mit der Khakihose kann sie das prima, oder sich mit Mister Hochimkurs im Partnerlook kleiden wie die vielen losgelassenen Pauschalreiserentner: beige, hellblau, fleischfarben, damit man nur nicht auffällt. Und dann zum Dicken Otto, um Kosmetikartikel zu kaufen, weil man sich ja konservieren will, und danach zu diesem Ekelfritzen von Schreibwarenhändler, um noch mehr Kreuzworträtsel zu kaufen, bis sie alle Kreuzworträtsel gelöst haben werden und es keine Rätsel mehr gibt. Zufrieden, mein Schatz?, das klingt wie die Zeilen eines bekannten Kinderliedes. Zufrieden, mein Schatz, mein Schatz, zufrieden? Wie ging das Lied doch weiter, ah, ja, jetzt weiß ich's: es gibt keinen Ausweg hienieden, auf dem Mond steh'n lauter Mer-*

cedes Benze, auf der Venus schwimmt ein Maschinenmeer, auf Erden singt ein einsamer Vogel im letzten aller Lenze. Ja, ja, das hatte die blinde Schriftstellerin ganz richtig vorausgesehen. Umzugskarten verschickt. Daueraufträge gestoppt. Bei Heyermans Geld hinterlassen für die noch ausstehenden Telefonrechnungen. Hab' mir das Haar wachsen lassen. Alles erledigt. Nur keine Panik. Viele hier würden jetzt auch gerne das Land verlassen. Sie glauben, dass es hier in Surinam nur schlechter wird. Gesetze scheinen nicht zu existieren, und die Menschenrechte werden dauernd verletzt. Viele sind dem ausgesetzt. Man kann ihre Angst durchaus verstehen. Aber Tatsache ist doch, dass die Korruption von vor dem Putsch jetzt endlich aufgehört hat und allgemein verurteilt wird. Aber es ist trotzdem nicht auszuschließen, dass die neuen Machthaber in Zukunft nicht die gleichen Fehler machen werden. Das muss man abwarten. Ich glaube aber, dass sie viel besser regieren werden. Na ja, wir werden ja sehen. Ich gebe diesen Brief Kees mit, damit er ihn in Holland einwirft. Liebe Oda Maria, bis Freitagnacht oder Samstagmorgen. Alles Liebe und viele Küsse, Paul.

COUNT YOUR BLESSINGS

liest Oda, um Wut und Kummer zu übertönen. Die Frau des Schuldirektors von Veras Grundschule hatte diesen Spruch für sie gestickt. Aber ein »blessing« will ihr im Moment nicht einfallen.

Es ist acht Uhr, Zeit für den Anruf. Das Karteikärtchen liegt schon bereit. Kiki van der Aa. Oda wählt die Nummer und zündet sich eine Zigarette an. »Hallo Kik, ich bin's. Wie bitte, ich störe dich gerade? Ob ich eben schon mal angerufen habe? Es tut mir Leid, Kik. Ja, alles in Ordnung. Er muss jeden Moment kommen. Ja, ich ruf' dich wieder an. Tschüs dann.«

Oda schlägt beide Hände vors Gesicht. »Wie egoistisch doch alle sind«, murmelt sie. Sie steht auf und geht in die Küche. Sie schaltet die Lichter der Terrasse ein. Sie betrachtet ihr eigenes Schattenbild. Eine transparente Frau mit einer Außenwelt im Innern.

Oda reibt die Hände aneinander. Sie stellt den Thermostat etwas höher. Es soll gemütlich sein. Die Wasserkerzen muss sie noch anzünden. Und den Kamin. Aber zuerst die Handtücher in die Waschmaschine stecken. Und die Gardinen im Herrenzimmer zuziehen. Durch das Fenster sieht sie die Lichter im Haus von Hans und Inez. Die Vorhänge im ersten Stock werden gerade zugezogen. Oda setzt sich auf den Bettrand und betrachtet die Vorderseite der Zeitschrift *Das grüne Barett*, die auf dem Nachttisch liegt. Zwölf junge Fallschirmjäger. Sie sehen aus wie Erstkommunikanten. Im Schlafzimmer cremt sie sich das Gesicht ein und wechselt die Damenbinde, die sie trägt, obwohl sie schon lange keine Periode mehr hat. Sie stopft sie in eine der Papiertüten, die sie im Supermarkt mitgehen lässt und wirft sie in den Abfalleimer unter dem Waschbecken. Sie spürt einen Schmerz hinter der Brust, geht hinunter ins Arbeitszimmer und zündet sich eine Zigarette an. Es fängt wieder an, sie muss versuchen, an etwas anderes zu denken. Vor dem Spiegel in der Nische bürstet sie sich das Haar. Sie zählt die Gästetücher auf der Ablage neben dem kleinen Springbrunnen. Eine geballte Faust presst mit aller Gewalt von innen gegen ihren Brustwirbel. Sie geht in die Küche und nimmt einen Tiefkühlbeutel aus der Küchenschublade. Sie setzt sich an den Esstisch und atmet langsam in den Plastikbeutel, langsam ein, langsam aus, langsam ein, langsam aus, langsam ein, langsam aus, langsam ein, aus, ein.

Oda hat das Gefühl, als stünde jemand hinter ihr. Sie wagt es nicht sich umzudrehen. Sie redet sich gut zu. Alles nur Einbildung. Henny, der Getränkelieferant, kann's nicht sein. Sie hat die Küchentür im Auge. Sie will schreien, aber wie in ihren Albträumen kommt kein Laut aus ihrem Mund. Langsam richtet sie sich auf, atmet tief ein. Gleichzeitig spürt sie warme Lippen im Nacken. Sie dreht sich um und blickt dem Oberstleutnant direkt in die Augen.

»Ich wollte dich überraschen«, flüstert er und überreicht ihr einen roten Blütenzweig. »Faja Lobies, heute Morgen von Bakabana gepflückt.«

Er beugt sich zu einer Plastiktüte hinunter, die neben ihm auf dem Boden steht. »Und hier Papayas, die magst du doch so gerne, oder nicht?«

Oda sieht ihm sprachlos zu.

»Eine Brotfrucht, Passionsfrüchte. Und schau hier, Schatz, frische Mangos!«

Als wäre er nur für einen Moment weggewesen, um Einkäufe zu machen.

»Komm her!«

Eine dunkle Macht packt sie unter den Achseln, hebt sie hoch und lässt sie wieder los. Sie schwankt und stürzt, findet in den Armen des Oberstleutnants ihr Gleichgewicht wieder. Während sie mit dem Mund seine Lippen berührt, scheint sämtliches Blut aus ihrem Körper zu strömen, sie hört auf zu phantasieren und für einen Moment fühlt sie sich so, wie sie bisher glaubte, dass nur Hunde und andere Tiere sich fühlen können: gedankenlos und glücklich.

2

Da steigst du die Treppe hinauf, die du in den letzten Jahren fast jeden Abend in Gedanken hinaufgestiegen bist, um dann oben auf dem Treppenabsatz rechts abzubiegen und im großen Schlafzimmer auf dem Bett deine Frau liegen zu sehen, mit der du die ganze Nacht verbringen darfst, eine Nacht, die ruhig ganze Tage und Nächte dauern darf, du steigst also jetzt wirklich diese Treppe hinauf, in der Hand einen schweren Koffer, und dein Verlangen wächst mit jeder Stufe, hierauf hast du drei Jahre lang gewartet, hierfür bist du um die halbe Welt gereist – stimmt nicht, Klein, in Wahrheit fängst du erst jetzt, da du zu Hause angekommen bist, an, dich mit rückwirkender Kraft nach deiner Rückkehr zu sehnen, erst jetzt wirst du plötzlich sentimental – du stehst oben an der Treppe, gleich wirst du das Traumzimmer zu deiner Rechten betreten, und da hörst du die Stimme deiner Frau von unten, die dir anstatt schmachtend und liebreizend zu klingen mit lieblos herrschender Stimme zuruft: »Paul, gehst du bitte nach links?«, allerdings, schmachtend liebreizend hat ihre Stimme nie geklungen, im Gegenteil, sie wurde im Laufe der Zeit immer eisiger, und eines Tages wusstest du, dass es aus war zwischen euch, du warst dir deiner Sache ganz sicher, und trotzdem bist du geblieben, so lange bis du überzeugt davon warst, dass es besser wäre, das Angebot, ein paar Jahre Dienst in den Tropen zu tun, anzunehmen, denn so würde die Pensionierung noch ein paar Jahre aufgeschoben und die Rente am Ende höher ausfallen, weil Tropenjahre doppelt zählen, aber der eigentliche Grund, von ihr wegzugehen, war, dass du ihre schmerzvolle, unmenschliche und unbeirrbare Distanziertheit nicht mehr ertragen konntest, das war schon schwierig genug, als Vera noch da war, aber ohne Vera war das kaum auszuhalten … du schlugst ihr vor, doch mitzugehen, aber du wusstest genau, dass sie nein sagen würde, und du ließest so lange den Kopf hängen, bis sie es dir einfach befehlen musste: »Geh, mein Junge, geh du nur«, obwohl du nichts lieber tatest, du bist ein Feigling, Paul, immer wenn du dort in der Fremde zum Sternenhimmel hinaufsahst, eine Flasche Whiskey zwischen den Beinen, dann hast du dir die Zukunft so schön vorgestellt, du hast dir ein richtiges Kitschbild ausgemalt, unglaublich süß und voll unbegrenzter Möglichkeiten, Menschen, die es immer nur gewohnt sind, Befehle zu empfangen und jeden Tag neu anzufangen, können keine Zusammenhänge erkennen und werden abends manchmal melancholisch oder poetisch und sind erst dann müde und empfänglich für

Erkenntnisse
Erinnerungen
Ängste
Sehnsüchte.

Menschen, die immer nur Befehle empfangen, trinken dann meist ein Glas und noch eins und noch eins und fallen dann in tiefen Schlaf – und da ruft sie ein zweites Mal »geh bitte nach links«, und du drehst dich ungläubig um, aber du siehst sie nicht, und dann schaust du voller Angst auf die Tür von Veras Zimmer, in das du aus Feigheit nie mehr einen Schritt hattest setzen wollen, du zögerst.

»Nach links«, ruft sie, »links!«, aber Paul dreht sich nach rechts und wirft einen Blick ins Schlafzimmer. Das Doppelbett ist auseinander geschoben, auf seiner Hälfte fehlt die Matratze, und auf dem Rost liegen Bücher und Zeitschriften.

»Ich wollte nur mal kurz schauen«, entschuldigt sich Paul und geht die paar Schritte nach links. Die Hand auf der Türklinke, wirft er einen Blick über die Schulter zurück. Oda steht vor ihrem Schlafzimmer. Die Arme abweisend verschränkt. Langsam öffnet Paul die Tür und Veras Welt entfaltet sich langsam wie ein Fächer, der rote Teppich, die Vorhänge mit den Männchen, der rote Schreibtisch, das Bett, auf dem sein eigener Bettüberwurf aus Indonesien liegt, daneben sein Schaukelstuhl, er geht ins Zimmer, »das ist von jetzt ab das Herrenzimmer«, hört er hinter sich sagen, Paul stellt seinen Koffer neben dem kleinen Schreibtisch ab, hinter ihm wird die Tür zugeschlagen, Snoopy donnert an seinem Haken hängend gegen das Holz der Tür, Paul schließt die Augen, das Licht der Schreibtischlampe leuchtet auf seiner Netzhaut nach, Odas Schritte gehen treppab, Paul fängt an zu zittern, er muss sich zusammenreißen, ein Mann sein, er öffnet die Augen, auf dem Schreibtisch sieht er die Granate, auf dem Regal die kleine Kanone aus Kupfer, auf dem Nachttisch *Das grüne Barett*, *The Times*, den *National Geographic*, auf dem Regalbrett über dem Bett außer dem Schild »Oberstleutnant P. W. Klein« die Bücher über den Zweiten Weltkrieg und über Indonesien, an den Stützen die Fähnchen, auf dem Waschbecken eine Flasche *Tabac original*, im Glas eine neue Zahnbürste Marke *Jordan*, im Kleiderschrank seine alten Uniformen der Landstreitkräfte und seine normalen Kleider. Paul Kleins Zivilleben beginnt hier in diesem Mädchenzimmer, pardon, Herrenzimmer, er setzt sich auf den Schreibtischstuhl und schlägt die Hände vors Gesicht, soll er hinuntergehen und Oda fragen, ob er doch bei ihr schlafen darf? Will sie, dass er sie anfleht? Soll er ihr sagen, wie sehr er sie liebt und dass er nicht vor ihrer beider Kummer davongelaufen war, sondern im Gegenteil, weggegangen war, weil er gehofft hatte, dass es so für beide erträglicher sein würde? Noch ist es nicht zu spät, denkt er hoffnungsvoll, er muss es ihr unbedingt sagen. Paul steht auf und öffnet die Tür, aber auf dem Treppenabsatz überfällt ihn die Angst, dass sie ihn wieder wegschicken würde, er hält es nicht aus, er muss sich selber beschützen, er muss in dieser Folterkammer bleiben und die Strafe für ein Verbrechen absitzen, das nur in ihrer ungezügelten Phantasie begangen worden war. Als er heute Abend nach Hause kam und sie festgehalten hatte, da war sie noch so sanft und empfänglich gewesen, sie war überrascht, so überrascht wie er, hatte ihn geküsst und am Hals gekitzelt, aber was war hinterher mit ihr geschehen? Er hatte plötzlich das abscheuliche Gefühl eines vollkommenen Fiaskos, aber statt zu grübeln sollte er sich jetzt besser schlafen legen. Er zieht sich aus und hängt seine schöne Tropenuniform auf einen Bügel, zieht den Schlafanzug an, putzt sich die Zähne, wäscht sich das Gesicht mit kleinen, kreisförmigen Bewegungen, trocknet es ab, geht im Zimmer auf und ab. Unschlüssig bleibt er vor dem Bett stehen, er denkt an Tod und Vergewaltigung, er wehrt sich gegen das hier, dieses Bett hier ist nur ein Möbel, auf dem man schlafen kann, und er muss schlafen. Paul setzt sich aufs Bett und legt sich auf die Seite, zieht die Beine an und lässt den Kopf auf die zusammengefalteten Hände sinken, er überlegt, was er in diesem Zimmer alles tun kann:

auf dem Bett liegen
herumstehen
im Schaukelstuhl sitzen
am Schreibtisch sitzen
Gymnastik machen.

Paul spürt die Augen der Männchen auf sich gerichtet, die blauen, grünen, roten Jungs und Mädchen, Hand in Hand in endlosen Reihen über- und untereinander, eine Armee aus Kindern, sie starren ihn an, voller Neugier, voller Mitleid, er weiß es nicht, vielleicht beschützen sie ihn ja auch, ein schöner Gedanke, denkt Paul, sie beschützen ihn gegen Odas böse Attacken, wie sie früher Vera davor beschützt hatten, vielleicht liegt die Sache aber auch ganz anders und sie lachen ihn aus, weil er gescheitert ist, dieser Hanswurst im Mädchenbett. Paul dreht ihnen den Rücken zu, zieht sich das Deckbett über und gibt sich zitternd vor Kälte nach einer langen Heimreise dem Schlaf hin.

3

Reglos steht Paul am nächsten Morgen in seinem weißen Schlafanzug zwischen dem kleinen Schreibtisch und dem Koffer und starrt zum Fenster hinaus. Der Reif auf dem Reetdach von Hans' und Inez' Haus glitzert in der niedrig stehenden Wintersonne. Es ist unbehaglich heiß. Heißer als in Paramaribo jetzt um diese Zeit. Die Luft ist trocken. Oda stellt den Thermostat immer zu hoch ein. In Surinam würde Paul jetzt vorn auf der Kante seines Sprungbretts stehen, den Körper hochfedern lassen, die Arme seitlich wegstrecken, die Knie beugen, die Arme vorstrecken, sich mit den Fußballen abstoßen und ins Wasser eintauchen. Nach hundert Bahnen würde er seinen Körper mit eiskaltem Wasser abduschen und den Fruchtsaft trinken, den Bakabana frisch für ihn gepresst hätte. Papaya. Mango. Brotfrucht. Danach würde er sich seine makellos saubere Khakiuniform anziehen, in seinen Pontiac mit Klimaanlage steigen und unter wiegenden Palmen zur Kaserne fahren.

Paul reckt sich und legt sich dann zwischen Schreibtisch, Koffer und Bett auf den Rücken, zieht die Knie an, stellt die Füße flach auf, presst die Hände gegen die Schläfen, drückt die Ellbogen aneinander, hebt den Oberkörper hoch, bis sich die Schulterblätter vom Boden lösen, und lässt den Oberkörper wieder sinken, das wiederholt er sechsundzwanzig Mal, atmet aus beim Hochheben und ein beim Runterlassen, er steht auf, stützt die Hände in

Taillenhöhe in den Rücken, zieht die Schulterblätter zusammen, biegt den Rücken nach hinten durch, bleibt für einen Moment so, lässt dann die Arme fallen, beugt sich nach vorn, krümmt den Rücken kugelig und geht in die Knie dabei, diese Übung wiederholt er neunzehn Mal. Danach öffnet er die Tür seines Schlafzimmers und geht ins Badezimmer. Während er pinkelt, öffnet er mit einer Hand die Jalousien und betrachtet den kahlen Wintergarten. Hans fährt gerade vorbei. Hans gehört zur arbeitenden Bevölkerung. Paul geht ins Zimmer zurück und zieht sich den Morgenmantel über. Odas Schlafzimmertür ist noch geschlossen. Paul geht hinunter. In der Küche ist der Tisch für ihn gedeckt. Oda deckt den Tisch immer am Abend davor. Was sie heute kann besorgen, das verschiebt sie nicht auf morgen. Sie schüttet sogar das Wasser und das Kaffeepulver schon in die Maschine. Auf der Anrichte steht das Tablett mit Teller, Tasse und einem Glas für sie. Paul nimmt das Brot aus dem Brotkasten und stellt Butter und Marmelade auf den Tisch. Er schiebt zwei Scheiben Brot in den Toaster, setzt sich an den Tisch und sieht hinaus. Eine Meise lässt sich auf der Erdnussgirlande nieder, die Oda zwischen Vogelhäuschen und Vogelkirsche aufgehängt hat. Während sich das Tierchen zu den Erdnüssen hinunterbeugt, schaut es ihn zutraulich an. He, lass uns doch zusammen frühstücken. Paul isst seine mit Marmelade bestrichenen Brotscheiben, trinkt zwei Tassen starken Kaffee, schält sich einen Apfel. Ein dicker roter Kater schleicht durch die Rabatten. Die Meise fliegt auf und setzt sich auf das Balkongeländer. Paul wirft einen Blick auf die Uhr, die über der Tür hängt. Es ist zehn Uhr. Er presst Orangen für Oda aus, schmiert einen Toast für sie, schenkt ihr Kaffee ein. Er trägt das Tablett mit dem Frühstück nach oben und stellt es vor ihrer Tür auf den Boden. Er duscht, rasiert sich und zieht sich an. Eine Cordhose, ein Hemd, einen Lambswoolpulli. Als er den Gürtel zuzieht, stellt er zufrieden fest, dass er nicht dicker geworden ist. Er schlüpft in seine Schuhe und geht nach unten. In einem dicken Wintermantel verlässt er das Haus. Mit auf dem Rücken verschränkten Händen wandert er ums Haus, betrachtet die Bäume, die Rabatten, den Rasen. Die Wald-Boys, wie Oda ihre Gärtner zu nennen pflegt, haben den Garten tüchtig zurückgestutzt. Im Schuppen inspiziert er die Fahrräder und das Motorrad unter der grauen Plastikplane. Oda hat alles an Ort und Stelle gelassen. Er geht die Auffahrt zum Briefkasten hinunter und nimmt Zeitung und Post heraus. Für ihn ist nichts dabei. Er kehrt ins Haus zurück, geht die Treppe hoch und legt die Zeitung und die Post auf die Stelle, wo eben noch das Tablett gestanden hat. Dann setzt er sich in seinem Zimmer in den Schaukelstuhl. Die Füße stellt er auf die hölzernen Kufen. Er schlägt die Novemberausgabe des *Grünen Baretts* auf. Sie beginnt mit der Rubrik IN MEMORIAM. Sein Blick huscht über die Passfotos von alten und jungen Fallschirmjägern, die nach tapfer ertragener Krankheit verstarben oder plötzlich verstarben oder nach längerer Krankheit verstarben oder unerwartet plötzlich verstarben oder viel zu früh verstarben oder ruhig einschliefen, überraschend aus unserer Mitte gerissen wurden oder nach geduldig ertragener Krankheit verstarben oder nach einem fürsorglichen und liebevollen Leben oder dankbar, weil ihnen weiteres Leiden erspart geblieben ist, die dann doch noch unerwartet verstarben oder durch einen Unfall oder schlicht und ergreifend einfach tot waren. Danach liest er die Rubriken GEBOREN, VERSETZUNGEN, BEFÖRDERUNGEN, EHRUNGEN und ENTLASSUNGEN AUS DEM DIENST. Schließlich das Kommando-Journal. Höhe- und Tiefpunkte aus der jungen, aber reichen Geschichte des Korps Kommandotruppen. Auf der Rückseite der Zeitschrift der Aufruf zu einem Veteranentreffen. In wenigen Wochen wird er seine Kameraden wiedersehen und vielleicht sogar ein kleines Stück mit ihnen marschieren. Oda hält sich noch immer versteckt. Sie wird die Stille ganz unerwartet zu brechen versuchen, so unerwartet wie möglich, so dass sein Schreck möglichst groß sein würde und der Effekt maximal, dann wird Paul aufspringen und ihr voller Todesangst in die Augen sehen, und sie wird sagen: »Sitzt du schon wieder nur rum und tust nichts«, und er wird einen Moment lang hoffen, dass das der Anfang eines Gesprächs wäre, aber da ist die Tür schon wieder zu, und ihre böswilligen Absätze klappern im Haus abwärts.

Er wird für den Rest des Tages in seinem Zimmer sitzen, denn seine Frau will respektiert werden. Vielleicht wird er nach unten gehen, wenn sie mit ihrem Auto die Auffahrt hinunterfährt. Es ist Zeit für die Tageszeitung und eine Tasse Tee. Wenn Oda zurückkommt, wird er ihr das Garagentor öffnen und die Einkaufstaschen in die Küche tragen, und er wird ihr ein Glas Whiskey einschenken. Für sich selbst ein Glas Genever. Danach geht er besser mit seinem Glas und der Flasche wieder nach oben, denn sie kann sich nicht aufs Kochen konzentrieren, wenn er in der Nähe ist. Irgendwann läutet dann der kupferne Gong, mit dem Paul in die Küche zitiert wird, sie wird das Essen auftragen, und er wird, noch bevor er den ersten Happen zum Mund geführt hätte, sagen: »Wie herrlich du doch wieder gekocht hast, Oda«, und sie wird mit einem Seufzer ihren Teller ins Wohnzimmer tragen (sie piesackt dich, und du piesackst sie), sich auf den Bauch legen und fernsehen. Er wird das Geschirr spülen und ihr eine Tasse Kaffee bringen. Und er wird sich zu ihr aufs Sofa setzen und ebenfalls fernsehen, damit sie wenigstens irgendetwas gemeinsam tun, aber dann wird er müde, denkt ans Schlafen und daran, dass morgen wieder ein neuer Tag ist, und er wird hinaufgehen, sich duschen, seinen Schlafanzug anziehen, sich ins Bett legen, das Licht löschen und einschlafen, denn der Schlaf ist der größte Segen seines Lebens, Paul kann schlafen, und zwar so gut, dass ihm das Nachtleben seiner Frau völlig entgeht.

Morgens hat Paul das Reich für sich allein, er macht Gymnastik, frühstückt, stellt das Tablett mit der Zeitung vor Odas Tür, sie holt es herein, verschanzt sich in ihrem Zimmer und kommt erst heraus, wenn Paul zu Mittag gegessen hat, das Bad für sie eingelassen hat und wieder in seinem Zimmer sitzt. Nach dem Bad zieht sie sich an. Dann steigt sie in ihr Auto und fährt davon. Wenn sie zurückkommt, öffnet Paul das Garagentor, trägt die Einkaufstüten ins Haus, schenkt ihr ein Glas Whiskey ein und sich selbst einen Genever, und am Ende sind sie beide etwas benommen.

Das ist kein Leben so. Das ist eine Katastrophe. Raff dich auf, geh weg, triff selbst die Entscheidung, denn sie wird dich nicht wegschicken, das ist nicht ihr Stil. Sie wird alles daransetzen, dich so weit zu bringen, dass du von selber gehst … steh auf, verlass dieses Zimmer, geh die Treppe hinunter, zur Haustür hinaus, die Auffahrt hinunter, hinein in die Welt.

Die Tür öffnet sich, er sieht nicht mehr als einen gestreckten Arm, die Tür fällt wieder zu, Snoopy an der Tür wackelt heftig. Oda ist wach! Paul stürzt vor, will sie festhalten. »Oda, ich liebe dich!«, aber sie reißt seine Hand von ihrer Taille. »Respektiere mich endlich«, schreit sie. Paul kehrt in sein Zimmer zurück, setzt sich in den Schaukelstuhl und schaukelt weiter.

4

Dieses Schaukeln im Schaukelstuhl, bei dem man, die Füße auf den Kufen, jedes Mal gegen die Tür des Kleiderschranks stößt, dieses Warten, eher noch: das Liegen auf dem Bett, die Füße draußen, oder: das Liegen auf der Seite mit hochgezogenen Knien, oder auch: das Sitzen am Mädchenschreibtisch, die Beine unter die Tischplatte gezwängt, die Knie gegen die Rückseite gepresst, das alles sind Begrenzungen, die Oda ihn fortwährend spüren lässt, nicht nur: ich hier, du da, sondern auch: du dort, in deinen eigenen Grenzen. Es ist der sechste oder siebte Abend seit seiner Ankunft. Egal. Paul denkt an den Abend seiner Abreise vor drei Jahren zurück. Als ihn der grüne Kleinbus abholte, lief Oda die ganze Auffahrt hinunter neben dem Wagen her, auf einem der Findlinge stehend winkte sie ihm heftig hinterher, fast, als wäre sie froh, dass er ging, als winkte sie ihm mit Freuden hinterher, winkte ihn weg aus ihrem Dasein. Der Fahrer erkundigte sich, ob er sie denn nicht vermissen würde, ach, der arme Kerl, er hatte sie nett gefunden, alle fanden Oda nett, für andere war sie das auch, nett, die Frau des Kommandanten, das Maskottchen der Kaserne, die Soldaten und Offiziere bedachten sie mit ungläubigen und bewundernden Blikken. Oda war schön, elegant, hatte Stil, keine einzige der Kollegengattinnen konnte ihr das Wasser reichen, sie rauchte, sie trank, sie zog Grimassen hinter den Rücken der anderen, vielleicht ja auch hinter seinem Rücken, bei Radrennen feuerte sie die Startschüsse ab (und setzte sich die Pistole auch an die Schläfe), bei Fußballspielen führte sie den Anstoß aus (und hatte dabei die Pumps in den Händen), sie erzählte Anekdoten, während sie in der einen Hand eine Zigarette, in der anderen ein Glas hielt … Paul glaubte, der dümmste Mensch auf Erden zu sein, weil er von ihr wegging, aber er konnte nicht anders, täte er's nicht, wäre er bei Oda an der richtigen Adresse, der Blick in ihren Augen würde ihn zu Eis erstarren lassen. Schweigend saß er hinter dem Fahrer des Kleinbusses, der ihn zum Flughafen brachte.

Dieses Schaukeln, dieses Gegen-die-Schranktür-Knallen jedes Mal. In seinen Händen ein Geschenk von Hans und Inez. WILLKOMMEN ZU HAUSE steht auf dem Kärtchen, das daran baumelt. Auf dem Papier Ovale mit gemalten Winterszenen. Zwei Zwerge mit roten Zipfelmützen und roten Handschuhen im Schnee, ein Schlitten, einer der Zwerge schiebt, der andere zieht, zwei Rotkehlchen schauen ihnen zu, auf dem Schlitten Geschenkpäckchen, ein Korb mit Äpfeln, so rot wie die Backen der Zwerge. Auf einem anderen Bild sitzt ein Zwerg im Schnee und starrt in die Flamme einer Kerze, die auf einem Baumstamm vor ihm steht, auf seinem Schoß liegt ein Rehkitz, davor sitzen ein Fuchs und ein weißes Kaninchen, auf der Jackentasche des Zwergs tummelt sich ein Eichhorn, über ihm auf einem Zweig ein paar gelbe Vögel. Paul stützt sich mit den Füßen am Schreibtisch ab und bringt seinen Schaukelstuhl zum Stehen. Obwohl er sich vorgenommen hatte, bis Weihnachten zu warten, reißt er das Papier auf und wirft es neben sich auf den Boden. In der Hand hält er eine Flasche aus Milchglas mit einem roten Verschluss. Mitten auf der Flasche ist ein Oval ausgespart, wo das Glas durchsichtig ist, darüber steht in einem Bogen: Wodka. Paul schaut durch das Oval und entdeckt die schwarze Silhouette einer Herrengesellschaft, die sich um einen Tisch versammelt hat. Sie tragen Perücken und Schuhe mit Schnallen. Links ein Mann, der sich in seinem Stuhl zurücklehnt. Er raucht eine langstielige Pfeife. Der mittlere sitzt am Tisch, in der einen Hand eine ähnlich aussehende Pfeife, in der anderen ein Glas. Der Mann rechts steht vor dem Tisch und bringt einen Toast aus. Paul schraubt den roten Verschluss auf und zieht den Geruch des Wodkas tief in sich ein. Er nimmt einen Schluck, und dann noch einen. Er lehnt sich zurück und schließt die Augen. Er führt die Flasche nochmals zum Mund. Seine Kehle brennt wie Feuer. Vorsichtig setzt er sich auf den kleinen Schreibtischstuhl. Die Flasche stellt er vor sich auf den Tisch. Er öffnet die oberste Schublade. Er holt ein Heft heraus und betrachtet es im Licht der Schreibtischlampe. Auf der Vorderseite die Abbildung eines schwarzen Kükens. Auf der Eierschale auf dem Köpfchen steht in Schnörkelschrift:

Vera Maria Klein
Vera Alexandra Maria Klein
Alexandra Maria Klein
Alexandra Klein

Als ob Vera sich langsam von einem Mädchen in ein anderes verwandelte. Paul schlägt das Heft auf und liest die erste Seite.

Wir ha-ben mit dem Herbst-wald an-ge-fan-gen. Zu-erst ha-ben wir ein paar Bäu-me ge-pflanzt. Wir stan-den a-le um ei-nen Tisch vol-ler Sand. A-le woll-ten et-was da-zu bei-tra-gen. Ma-ri-o hat Hir-sche mit-ge-bracht. Wir ha-ben noch nicht sehr vie-le Bäu-me. Heu-te Nach-mit-tag ho-len wir mehr Bäu-me. Wir ha-ben auch ein Tau-ben-ei in un-serem Wald. Und ein paar Zwer-ge gibt es auch. Je-der von uns dur-fte ein Stück vom Wald ma-chen. A-le fin-den, dass er sehr schön aus-sieht.

Paul blättert das Heft durch. Diktate und Wörterlisten. Ab und zu ein Stempelabdruck. Ein Junge, der vor seinem Zelt liegt. Ein Mädchen mit einem Schmetterlingsnetz. Für das letzte Diktat hat sie ein Ungenügend bekommen. Vielleicht hatte sie etwas anderes im Kopf, als sie Pils schrieb statt Pilz und Iechel statt Eichel und Eihorn statt Einhorn. Woran mag sein liebes Mädchen nur gedacht haben? Er schlägt das Heft zu und nimmt noch einen Schluck aus der Flasche. Jetzt zieht er eine graue Mappe aus der Schublade. In bauchigen Buchstaben steht dort:

GEMEINSAM ZU TISCH

Jeden Buchstaben hat Vera in einer anderen Farbe ausgemalt. Darumherum hat sie Blumen gezeichnet und eine Sonne. Das Jesuskind hat sie mit einem Filzstift zuckerstangenrosa gemacht. Das Haar knallgelb. Und in Schnörkelschrift ihr Name. Paul öffnet die Mappe und sieht zwei Fotos.

Ein großes Farbfoto. Oda, Vera und Emile beim Grillen im Garten. Oda kniet im Gras, in beiger Hose, schwarzem kurzärmligem Pulli, daran eine Brosche mit dem O von Oda, eine Sonnenbrille auf der Nase, ein schwarzes Band im Haar, in der einen Hand eine Zigarette, in der anderen ein Schaschlikstäbchen. Rechts vom Grill sitzt Vera, in einem roten Hosenanzug, sie legt gerade ein Stöckchen mit Marshmallows auf den Rost. Emile kniet hinter ihr und öffnet eine Flasche Wein. Auf alle drei fällt Pauls Schatten.

Ein kleines quadratisches Schwarzweißfoto, das Oda gemacht hat. Vera und Paul vor einem Turm. Vera steht ganz nah neben ihm. Sie schaut ängstlich in die Kamera. Ihre Hände umkrampfen den Stoff seines Wintermantels. Als ob sie in ihn hineinkriechen wollte.

Paul setzt sich mit der Flasche und der grauen Mappe in den Stuhl und fängt an zu schaukeln. Auf der nächsten Seite ein Gedicht: UNSER WEIHNACHTSGEDICHT. Paul nimmt einen Schluck und fängt an zu lesen. Die Welt ist dun-kel jetzt. So dun-kel wie die Nacht, Wo blei-bet nur das Kind-lein, Wo-für wir hal-ten Wacht? Paul liest die beiden letzten Zeilen noch einmal. Wo blei-bet nur das Kind-lein, Wo-für wir hal-ten Wacht? Er nimmt noch einen Schluck, knallt mit dem Stuhl gegen die Schranktür, alles dreht sich in seinem Kopf, eins, zwei, eins, zwei, er schaukelt in eine neue Welt hinein, eins, zwei, eins, zwei, ein Schluck und weiterlesen, Ein Stern-lein wird er-scheinen, hoch o-ben am Him-mels-zelt, Sein Zei-chen wird uns ei-nen, Es hat er-hört die Welt. Das Läuten der Kirchenglocke, als die anderen kamen, die Schulkameraden, die Mitschüler, eins, zwei, eins, zwei, er spürt die Leere des Glockenschlags in sich, sein leeres Innere schaukelt lautlos inmitten dieses harten Panzers hin und her, Stille, Leere, Paul hält es nicht aus, ihm schießen die Tränen in die Augen, »Oda«, murmelt er, »Oda«, aber seine Stimme ist kraftlos, nur einen Augenblick noch, einen Augenblick, er beißt sich auf die Lippen, versucht sich zusammenzureißen wie ein Mann. Es wird den Weg uns wei-sen, ein je-der muss ihn ge-hen, Doch wirst du si-cher rei-sen, Weil du das Licht wirst se-hen, »Licht«, wiederholt Paul, »Licht, Licht«. Es winkt uns zu von o-ben, Der Him-mel verschloss sich uns nicht, Ein Kind-lein kam auf Er-den, Da wurd es endlich Licht. »Siehst du, da wurd es endlich Licht«, summt er, »da wurd's am Himmel licht«, singt er, »licht«, schreit er, »Kommando Licht!«

Die Welt hinter den Männchen bricht auf, ein ungeheuer helles Licht strömt ins rote Zimmerchen, die Jungen und Mädchen strahlen, singen, tanzen, tanzen Ringelreihen vor seinen Augen, Paul versucht aus dem Stuhl aufzustehen, er streckt die Arme zum Licht, eins, zwei … hinter ihm wird die Tür aufgerissen, Paul fährt herum, die Hände abwehrend erhoben, als würde er angegriffen, »komm!«, schreit Oda.

Paul folgt Oda die Treppe hinunter, durch die Eingangshalle, die Küche, nach draußen, er folgt ihr durch die Rabatten, kriecht auf Händen und Füßen durch das Loch im Zaun, sie nähern sich dem riesigen Feuer wie zwei furchtsame Tiere, bleiben hinter einem Strauch vor dem

Swimmingpool stehen, Flammen schlagen aus dem Dach und den Fenstern, das Feuer donnert, dröhnt, die Welt erzittert, Wind kommt auf, die Kleider flattern, Geschrei, Stimmen, kaum hörbar, hoch und nicht zu verstehen, gelbe Streifen, hohe bleiche Flammen, Funkenregen, die Nachbarn am Rand des Feuers, Hans mit zum Haus ausgestreckten Armen, von einem Feuerwehrmann zurückgehalten, Inez steht neben ihm, starrt, der Dachstuhl stürzt ein und fällt auf den ersten Stock, Paul ist zu betrunken, um sich bewegen zu können, er will es auch nicht, er will nur ins Feuer schauen und dabei Odas Körper so nah neben sich spüren, sie legt ihm den Kopf auf die Schulter und greift ihm um die Taille, die Schreie werden zu Seufzern und Weinen, rosa färben sich die Nachbarn vor düsteren Rauchwolken, verzweifelte Silhouetten am Rand einer glühenden Masse, Stimmen scheinen sich über dem Feuer zu erheben und zu einem einzigen Urton zu zerschmelzen. Plötzlich mitten auf dem Rasen ein Mädchen, in eine Decke gehüllt, vor Kälte tritt sie von einem Bein aufs andere, sie schüttelt den Kopf wild hin und her, ihr angstvolles Gesicht schaut ihn einen Moment lang an, Paul will zu ihr, aber er spürt Odas Finger an seinem Rückgrat entlanggleiten.

III

Paul brennt lichterloh, er kann weder denken noch handeln, sich nur herumschleudern lassen, trillern wie ein Pralltriller, nein, stimmt ja gar nicht, die Welt ist es, die trillert … die Sträucher, die Bäume, das brennende Haus, die Sterne und die Nacht drehen sich wild um ihn, er beugt sich vor, hält sich mit den Händen den Kopf, aus Angst, er könnte herunterfallen und auf einer Umlaufbahn um seinen Körper landen, Haupt und Herz hätten dann nichts mehr miteinander zu tun; die Füße breitbeinig unter ihm, als gehörten sie nicht mehr zu ihm, er kann das alles nicht glauben, die Flammen, das Mädchen, Odas Kopf auf seiner Schulter, ihr Atem in seinem Nakken, er sinkt in die Hocke, lässt sich nach hinten fallen, zieht die Beine an und umfasst sie mit den Armen, damit er sie nicht auch noch verliert. »Abgerechnet«, ruft Oda ausgelassen, »jetzt sind wir quitt«, es ist wie in seinen Träumen, er kann sich nicht bewegen, obwohl er müsste, alles verformt sich, und er liegt nur da und schmachtet nach einer Stimme, er will sagen »ich liebe dich, ich liebe dich«, aber es gelingt ihm nicht, er stottert, er kann es nicht. »Hab' keine Angst«, sagt sie tröstend, »wir gehen nach Hause«. Aber erst muss die Welt anhalten … und so kehren das brennende Haus, die Sträucher, die Bäume, die Rauchwolken im Mondlicht an ihre Plätze zurück, und er gibt ihr seine Hand und lässt sich in einer gemeinsamen Bewegung mitziehen, nur weg von hier, wie zwei Lausbuben, die gerade ein Feuer gelegt haben, kriechen sie durch das Loch im Zaun, an den Rabatten vorbei, über den Rasen, die Schuhe abtreten, sie zieht ihn hinter sich her, die Treppe hoch, in das Zimmer hinein, das er in seiner Phantasie fast jeden Abend … »Komm, komm«, ruft sie, »ich will dich fühlen, komm in mein Bett, zieh mir die Stiefel aus, hier in unserer Daunenklause sind wir sicher, komm Paul, hier ist gut leben, verdammt noch mal, wie einsam bin ich gewesen, und so stark …« Er kann nicht, nicht so schnell jedenfalls, er spürt ihre Hüften und Brüste, sie presst sich an ihn, lässt ihn kaum atmen, zieht den Reißverschluss seines Hosenschlitzes auf, wühlt darin herum, sie tut ihm weh, er entwindet sich ihr, steht auf, stellt sich ans Fußende des Bettes und nimmt einen ihrer Stiefel, sie liegt auf dem Rücken, »ruhig, ruhig, Oda«, flüstert er, er zieht und fällt mit dem Stiefel in der Hand gegen den Schrank, er rappelt sich auf, jetzt der andere noch, er zieht und befreit ihr Bein, sie hat schöne Beine, kein Mann, der nicht erkennt, dass das schöne Beine sind, er zieht seine Schuhe aus, seine Hose, sein Hemd und seine Socken und legt sich wieder neben sie, »geht's, mein Schatz?«, hört er sie wieder sagen, »komm, wir gehen ins Haus zurück«, alles dreht sich um ihn, sie, das Haus, die Sträucher, die Bäume, die Rauchwolken im Mondlicht, er gibt ihr die Hand, lässt sich mitziehen, wohin sie nur will.

*

Die Jahre vor seinem Weggang lagen sie zwar im selben Bett, wenn auch auf getrennten Matratzen und die Rücken einander zugekehrt, doch Oda war entschlossen, ihn wegzustoßen, sollte er mit seiner Hand oder dem Fuß

Annäherungsversuche machen, würde sie ihm befehlen, auf seinem eigenen Terrain zu bleiben, aber Paul unternahm keine Annäherungsversuche, mit unausstehlichem Gehorsam blieb er auf seiner Seite, die personifizierte Ergebenheit, er sieht die Sache wohl ganz pragmatisch, dachte sie, er liegt im Bett, um zu schlafen, und morgen wäre wieder ein Tag, an dem er in aller Frühe aufstehen würde, das Reich für sich hätte, die Uniform anzöge, das Tablett mit dem Frühstück vor Odas Tür stellte, und dann wegginge, um weiß der Kuckuck was zu tun: joggen, Fahrrad fahren, mit seinen Kameraden fechten und dazwischen Hosen abzählen, und Socken, Helme, Kanonen, dieser Mann dort drüben in seiner Männerwelt. Falte und Panzer waren seine Strategien des Überlebens, Falte, Panzer und Routine. Die Uniform war seine Haut, seine Außenhaut, die die Innenhaut schützend umgab, Oda müsste ihn schälen, wenn sie zu ihm durchdringen wollte, aber es wäre umsonst, weil seine Innenhaut nämlich gepanzert war, und von diesem Panzer prallten ihre Worte ab, wie schon ihre ohnmächtigen Faustschläge, ihre Peitschenhiebe auch.

Weil Oda sich seiner nicht zu erwehren brauchte, hatte ihre Wut nichts, woran sie sich brach, Oda kochte im eigenen Sud, sie köchelte über, sie fragte sich: Warum sind wir zusammen, und sie kannte die Antwort schon im Voraus, es hatte nichts mit ihm zu tun, er war unschuldig, es lag an ihr selbst. Sie hörte ihn denken: Das wird schon wieder, die Zeit tut Wunder, sie verabscheute sein naives Vertrauen, nein, die Zeit tut überhaupt nichts, die Zeit handelt nie, sie beobachtet nur, mit einem dreckigen

Grinsen im Gesicht, weil man von ihr abhängig ist, und sie genau weiß, dass wenn sie sich von einem abwendet, es um einen geschehen ist.

*

Ihm ist zumute, als rammte man ihm Holzpfähle in den Schädel, sein Mund ist trocken, er betrachtet Odas Gesicht, die Falten um die Augen, das braun gefärbte, an den Haarwurzeln graue Haar, den verlaufenen Mascara, den Speichel in ihren Mundwinkeln, er fürchtet, es könnte eine Alkohollaune gewesen sein und Oda würde ihn beim Aufwachen nachher wieder von sich stoßen, aber als sie die Augen öffnet (sie sind klar, scharf, ohne Überraschung im Blick, als ob sie ihn die ganze Zeit über durch die geschlossenen Augenlider hindurch angesehen hätten), sagt sie seinen Namen und zieht ihn an sich, er traut sich nicht, pinkeln zu gehen, weil er Angst hat, sie könnte ihre Meinung ändern und er wäre danach nicht mehr willkommen, er traut sich nicht, etwas zu sagen, etwas zu fragen, und als sie zur Toilette geht, folgt er ihr zur Tür, er sieht sie sitzen, während sie in den dunklen Garten hinausstarrt, und er geht zu ihr, dann wartet sie auf ihn, und schaut ihm wie früher beim Pinkeln zu und zusammen gehen sie zurück, er geht an Veras Zimmer vorbei, sie legen sich wieder ins Bett, kuscheln sich aneinander, er spürt ihren Kopf zwischen den Beinen, sein Geschlecht in ihrem Mund, dass das noch einmal geschehen würde, hatte er für unmöglich gehalten … sie scheint es ernst zu meinen, er hat Angst, sie beißt zu.

*

Auf der Straße liegen herabgewehte Blätter und Zweige. Es ist kalt und windig. Eine leere Plastiktüte flattert wie ein Geist vor Oda her. Die Auffahrt bei Hans und Inez steht voller Autos. Polizei, Feuerwehr, Aufräumdienste. Oda parkt ihr Auto in der Straße. Als sie aussteigt, fängt es an zu regnen. Der Geruch von Kaminfeuer. Ein Familiengeruch. Mit der einen Hand hält sie den Mantel geschlossen, in der anderen Hand den Schirm, so nähert sie sich dem Haus. Ein eingesunkenes Skelett. Schwarz. Der Wind pfeift durch das hohle Gerippe. Ein Polizeibeamter sagt ihr, die Bewohner des Hauses seien ins Hotel Juliana gezogen. Sie fragt den Mann, ob er wisse, wie das Feuer entstanden sei. Er schüttelt den Kopf. Es habe beim Dach begonnen. Die Ermittlungen liefen noch.

Oda besieht sich die Trümmer und dreht sich um. Sie ist voller Mitleid und aufgeregt. Sie steigt in ihr Auto und fährt zum Hotel. Das letzte Mal ist sie nach Veras Beerdigung hier gewesen. Zum Kaffee und Kuchen danach. Blind und gefühllos hatte sie neben Paul gestanden und Hände geschüttelt.

Im Frühstückszimmer sitzen Hans und Inez an einem Tisch. Hans sagt: »Es gibt Schlimmeres.« Inez nimmt seine Hand und blickt traurig vor sich hin.

»Habt ihr alles verloren?«, fragt Oda.

»Ein paar Sachen konnten wir retten«, antwortet Hans.

»Wo ist das Mädchen?«

»Daisy schläft noch«, murmelt Inez.

»Da kommt man in ein fremdes Land, zu fremden Menschen, und in der zweiten Nacht schon brennt das Haus ab«, sagt Hans.

»Das muss furchtbar sein.«

»Das ist traumatisch«, fügt Inez hinzu.

»Wenn ihr wollt …« Oda traut sich nicht, den Satz zu beenden. »Ihr könnt zu uns kommen, wenn ihr wollt. Wir räumen das Dachgeschoss für euch frei.«

»Nein, wir bleiben besser hier«, sagt Inez. »Wir haben so viel zu erledigen. Wir müssen uns ein Haus suchen.«

»Und das Mädchen?«

»Vielleicht will sie ja nach Amerika zurück. Sie hat einen ordentlichen Schock bekommen. Sie ist ja erst fünfzehn.«

»Sie kann … sie kann zu uns kommen. Ich meine: Wir würden es ihr so angenehm wie möglich machen.« Oda stottert, als würde sie ihren Nachbarn einen unsittlichen Antrag machen.

»Aber …«

»Ich meine es ernst. Das ist überhaupt kein Problem. Paul und ich haben Zeit genug für das Mädchen.«

»Da musst du sie selber fragen«, sagt Inez.

»Gehen wir doch zu ihr«, schlägt Hans vor.

Oda folgt Hans durch die Hotelhalle und das Treppenhaus zu den Zimmern in der ersten Etage hinauf. Auf dem Flur ein Spinnrad, Kupferpfannen und Trockenblumen. Er klopft an die Tür von Zimmer 5. Die Tür öffnet sich einen Spalt. Oda sieht ein weißes Einhorn und darüber zwei funkelnde Augen.

*

Paul starrt eine halbe Stunde in die Finsternis. Eine Stunde. Er sagt sich: Wenn Oda es will, soll es mir recht sein, und er darf ihr nicht widersprechen. Sie gibt ihm nicht einmal die Gelegenheit dazu. Der Ton, mit dem sie sagte: »Sie heißt Daisy!« Im gleichen Tonfall hätte sie sagen können: »Wir nennen sie Daisy«, so wie man ein neugeborenes Kind oder einen Hund aus dem Tierheim tauft. Pauls erste Reaktion war vollkommen verkehrt. Er sagte: »Aber wir haben uns doch gerade erst wieder gefunden.« Oda schaute ihn an, als hätte sie der Schlag getroffen. Sie können doch ein Mädchen in Not nicht seinem Schicksal überlassen! Und als er sich erlaubt zu fragen, wie lange Daisy denn bleiben soll: »Man lädt doch nicht jemanden ein und fragt ihn dann, wie lange er bleiben möchte, das ist nicht besonders höflich«, war ihre Antwort, und damit war die Sache erledigt. Er dachte schon, dass er seine Chancen verspielt hätte und sie ihm jetzt befehlen würde: »Ab marsch, zurück in deinen Zwinger.« Er sagte: »In Ordnung, frag sie. Vielleicht …« Sie fiel ihm um den Hals und drückte sich an ihn. »Alles wird gut«, flüsterte sie ihm ins Ohr. Er begriff, dass alles gut werden würde, solange er ihr keine Steine in den Weg legte. Er war nicht überzeugt von der Sache. Oda glaubte, aus Überlegung gehandelt zu haben, aber sie handelte impulsiv. Nichts gab ihm die Gewissheit, dass sie sich nicht plötzlich wieder in eine Eiskönigin verwandelte.

Das vertraute Geräusch von Odas Auto. Paul durchquert die Eingangshalle und öffnet die Haustür. Ein bleiches Gesicht, helle Augen, ein verlegenes Lächeln, langes dunkles Haar, Federohrringe. Daisy kommt ihm vertraut vor. Sie trägt Odas Wildledermantel, um den Hals seinen alten, grünen Karoschal. In der Hand eine Plastiktüte. Oda hinter ihr schließt die Tür. Er nimmt Daisy den

Mantel ab. Sie schaut sich um, reibt sich die Hände dabei warm. Sie trägt einen dunkelblauen Trainingsanzug und Turnschuhe von Oda. Sie streichelt den Kaiman, der auf der Hutablage liegt, und steckt ihm den kleinen Finger zwischen die scharfen Zähne des offen stehenden Mauls. »O wie süß«, sagt sie mit einer heiseren Stimme und streichelt ihm wieder über den Kopf.

Paul trägt die Tasche nach oben. Oda und Daisy folgen ihm nach. Zu dritt stehen sie in Veras Zimmer. Oda schaltet die Schreibtischlampe an.

»Rot ist meine Lieblingsfarbe«, sagt Daisy. »Zu Hause durfte ich nichts Rotes haben.« Sie riecht an dem Rosenstrauch in der Vase auf ihrem Nachtschränkchen. »Ihr seid wirklich lieb zu mir.«

*

Paul kniet vor dem Kamin und legt einen Holzscheit aufs Feuer. Oda zündet die Kerzen an. Daisy beugt sich über den Schreibtisch. Sie deutet auf das Foto mit Vera auf der Schaukel. »Wer ist das?«

»Das ist Vera, unsere Tochter«, sagt Oda.

»Sie ist im Sommer 1973 ertrunken«, fügt Paul hinzu, während er mit dem Schürhaken im Feuer stochert.

Daisy setzt sich aufs Sofa, das Foto in der Hand. Oda setzt sich neben sie und schlägt ihr einen Arm um die Schultern. Vera schwingt sich gerade nach vorn, wirft die Beine in die Luft. Oda steht hinter ihr, einen Arm in der Luft.

»Habt ihr noch mehr Kinder?«, fragt Daisy vorsichtig.

Oda und Vera waren eine Einheit gewesen wie der Strand und das Meer. Wenn Vera weg war, lag Oda breit und flach ausgestreckt unter nacktem Himmel, kam sie wieder, wurde Oda zurückgedrängt, überspült, ausgelöscht, das war das ewige Hin und Her von Mutter und Kind … doch ohne Kind herrscht immer Ebbe, das Meer hat sich dann für immer zurückgezogen, und der Strand wartet, wider besseres Wissen, vielleicht nur aus Gewohnheit oder weil er einfach nicht anders kann.

Einem Kind zuliebe binden wir uns an die Welt, hatte Oda einmal im Radio gehört. Sie hielt es für einen guten Gedanken. Nach Veras Geburt hatte sie nicht länger das Bedürfnis, die Welt für das strafen zu müssen, was sie selber nicht war. Von da an gehörte die Welt ihrem Kind. Nach Veras Tod musste Oda den Gedanken umkehren. Einem verlorenen Kind zuliebe lösen wir uns von der Welt. Von da an schwebte Oda umher und wunderte sich, dass ihre Füße den Erdboden berührten, doch die Erde schwebte ebenfalls, ziellos, wie das so schön heißt, aber heimlich auf der Suche nach dem Sinn des Lebens.

*

Daisy schläft schon vierzehn Stunden. Sollen sie ihr den Tee vielleicht ans Bett bringen? Oder will sie lieber Kaffee? Wie lange schlafen Mädchen von fünfzehn eigentlich? »Sollen wir schon mal anfangen zu frühstücken?«, schlägt Paul vor.

»Lass uns warten«, sagt Oda. »Wenn wir schon gegessen haben, wenn sie herunterkommt, denkt sie vielleicht, sie ist nicht willkommen.«

Paul steht auf und geht zur Küche hinaus. Er schaut zu Daisys Zimmer hoch.

»Um Gottes willen sei doch nicht so nervös«, ruft Oda und winkt ihn herein.

Paul schenkt den Kaffee ein. Oda zündet sich eine Zigarette an und starrt zum Fenster hinaus. Sie hören, wie eine Tür zugeschlagen wird, hören Wasser fließen. Oda steht auf und geht nach oben. Paul folgt ihr bis zur Treppe. Sie kommt wieder herunter. »Sie ist wieder in ihr Zimmer gegangen«, flüstert Oda enttäuscht.

Oda und Paul sitzen einander schweigend gegenüber. Paul kratzt mit dem Messer das Schwarzverbrannte vom Toast. Die Küchentür steht offen. Sie sitzen mit gespitzten Ohren da. Seufzend steht Oda auf und sagt, dass sie jetzt Einkäufe machen müsse.

»Bleib noch einen Augenblick«, versucht Paul sie zurückzuhalten.

»Ich kann nicht, die Läden machen um zwölf zu.«

Während Oda ihren Mantel anzieht, sagt sie Paul, wie sehr sie sich darauf freut, beim Metzger drei Beefsteaks bestellen zu können. Sie weiß ganz genau, dass er nachfragen wird: »Sagten Sie drei Beefsteaks, Frau Klein?«

Paul isst einen Toast mit Marmelade. Jeden Moment kann Daisy herunterkommen. Dann wird er sie fragen, was sie trinken möchte. Und ob sie gut geschlafen habe. Und was sie geträumt habe. Er stellt seinen Teller weg und bringt den Tisch für Daisy in Ordnung. Er setzt sich an den Tisch und wartet. Eine Viertelstunde, eine halbe Stunde, eine Stunde. Er hört Odas Auto vorfahren. Er öffnet das Garagentor und hebt die Einkaufstaschen aus dem Kofferraum.

»Das halt ich nicht aus«, sagt Oda, als sie sieht, dass Daisy noch immer nicht gefrühstückt hat.

»Vielleicht traut sie sich ja nicht.«

Schritte auf der Treppe. Oda und Paul schauen sich erschrocken an. Daisy taucht in der Küchentür auf. Barfuß. Die Trainingsjacke über ihrem Nachthemd. »Guten Morgen«, sagt sie verlegen.

»Hast du gut geschlafen?«, fragt Oda.

»Tief.«

»Hast du was geträumt?«

»Ich habe geträumt, dass ich fliege.«

»Was willst du trinken?«, fragt Paul.

»Ein bisschen Wasser.«

Er dreht sich zur Küchenanrichte und hält ein Glas unter den Wasserhahn. Sie schauen zu, wie Daisy das Glas mit beiden Händen hält und einen Schluck trinkt. An einem ihrer Finger ein Totenkopfring.

»Iss was«, sagt Oda.

»Ich habe keinen Appetit.«

Oda zieht nervös an ihrer Zigarette. Sie hat ihren Mantel noch an.

»Dann nimm etwas Obst«, sagt Paul väterlich. Er schält einen Apfel für sie, so wie er es früher für Vera getan hat. Daisy steckt die Stücke, die er ihr reicht, eines nach dem anderen in den Mund.

*

Auf dem Schminktisch eine Feile, ein Schale mit warmem Wasser, ein Rosenholzstöckchen, ein Hufstäbchen und einen Nagelknipser. In ihren Händen Daisys Hände. Zarte Hände, lange Finger. Der Monsterring. Sie deutet auf den Tintenfleck auf Daisys Handballen.

»Die Tätowierung habe ich meinem Bruder zu verdanken«, sagt sie. »Er hat mich mit einem Kugelschreiber gestochen. Das war vor fünf Jahren.«

Oda legt sich Daisys Hände auf den Schoß und feilt ihr die Nägel.

»Mein Bruder ist noch schlimmer als ich. Dauernd fliegt er von der Schule. Schade, dass die Fotos verbrannt sind.«

Daisy beobachtet Odas Bewegungen genau. Sie fragt: »Warum schneidest du sie nicht einfach ab?«

»Nägel werden glatter und schöner, wenn man sie feilt. Und sie brechen auch nicht mehr so schnell ab. Metallfeilen rauhen die Nägel zu sehr auf. Papierfeilen sind besser.«

Sie taucht Daisys Hände in eine Edelstahlschüssel mit warmem Wasser. Etwas Zitronensaft dazu. So wird die Nagelhaut aufgeweicht. Mit der Spitze des Rosenholzstöckchens säubert sie die Nagelränder. Mit einer Zange zwickt sie die Häutchen rechts und links vom Nagel ab. Den Rest mit dem Nagelknipser. Sie cremt die Hände ein. Mit dem Hufstäbchen schiebt sie die Nagelhaut zurück. Oda fragt, ob sie Lust auf Nagellack habe. Daisy fängt an zu lachen. Sie lacht Oda aus. Sie legt sich bäuchlings auf das Bett und blättert mit den Beinen baumelnd in einer Zeitschrift. Oda zündet sich eine Zigarette an. Daisy will auch eine.

»Wenn ich einen neuen Pass beantrage, kann ich dann jeden Namen angeben, den ich will?«

»Ich glaube nicht. Vielleicht kann man seinen Vornamen ändern, mehr aber nicht. Da musst du Paul fragen.«

»Okay.«

»Welchen Namen würdest du denn gerne haben wollen?«

»Weiß nicht, Alexandra vielleicht.« Sie dreht sich auf den Rücken und verschränkt die Hände unter dem Kopf.

*

Früher hatte er oft fremde Mädchen für seine Tochter gehalten. Ein Mädchen, das auf seinem Fahrrad gefährlich hin und her schwankte, ein Mädchen, das offensichtlich nicht ganz freiwillig von zwei ihm unbekannten Erwachsenen weggezerrt wurde, ein Mädchen, das da, wo es war, besser nicht hätte sein sollen. Jedes Mal schlug ihm vor Angst das Herz bis zum Hals. Wenn sich dann herausstellte, dass er das Mädchen nicht kannte, wunderte er sich über sich selbst. Wie konnte er das, was er auf der Welt am meisten liebte, nur so leicht mit anderen verwechseln?

Daisy steht vor dem Kasernentor. Er muss sich zusammennehmen, um wirklich Daisy zu sehen. Mit Vera war er oft hergekommen. Sie hatte es geliebt, an ihren schulfreien Tagen auf dem Kasernengelände herumzustreunen und sich von den Soldaten verwöhnen zu lassen. Paul hatte sich keine Sorgen zu machen brauchen, seine Tochter war das bestbewachte Mädchen der Welt.

Sie gehen auf dem schmalen Sandweg zwischen dem Stacheldraht und dem Wald. Daisy schiebt ihren Arm in den seinen. »Was wird hier denn gelagert?«, fragt sie und deutet auf die Lagerschuppen jenseits des Stacheldrahts.

»Munition.«

»Und was noch?«

»Sand.«

»Und was noch?«

»Schmieröl.«

»Und was noch?«

Er antwortet: »Kissen, Bettdecken, Feldbetten, Uniformen, Helme, Mützen, Baretts, Hemden, Schuhe, Socken, Unterhosen …«

»Für alle Soldaten in Holland?«

»Ja.«

»Klasse«, ruft sie ausgelassen.

Paul erzählt Daisy, wie er für Vera hier in der Werkstatt einen Kaninchenstall zusammengezimmert hat. Einen Stall mit grünem Dach und grünen Fensterläden und einem Laufbrett bis zur Stalltür. Als sie das letzte Mal in Urlaub fuhren, brachten sie Stamper und Stumper ins Lager. Die Soldaten sollten sich um die Tiere kümmern. Sie stellten den Stall mit dem Auslauf mitten auf die Rotunde beim Eingangstor des Lagers, direkt unter die niederländische Flagge. Vera stand auf der Rückbank des Autos und winkte ihren Kaninchen zu. Der Schlagbaum senkte sich, das Tor schloss sich, die Wache hob die Hand zum Gruß. Paul spürt einen Kloß im Hals. Daisy greift nach seiner Hand. Der Weg führt jetzt direkt in den Wald. Dünne Nebelschwaden bedecken den Waldboden, über den kahlen Wipfeln der graue Himmel. Daisy fragt: »Wo mag sie jetzt sein?« Paul schaut vor sich hin, sucht nach einer Antwort. Die Nebel verdichten sich, es fängt leise an zu regnen. Daisy lehnt sich mit der Schulter an ihn.

Später auf der Heimfahrt fragt sie Paul: »Machen wir mal zusammen eine Spritztour mit deinem Motorrad?«

»Mit meinem Motorrad?«

»Ja, das Ding unter der Plastikplane im Schuppen.«

»Ich bin schon seit Jahren nicht mehr damit gefahren.«

»Warum nicht?«

»Oda hat's nicht gerne.«

»Ich würde mir nie was verbieten lassen.«

»Die schönste Fahrt, die ich je gemacht habe, war ein Trip durch Amerika.«

»Wann war das?«

»1954.«

»Das ist lange her für die schönste Fahrt des Lebens.«

Daisy dreht am Senderknopf des Radios. Sie findet keine Musik, die ihr gefällt. Sie fängt an zu singen:

Like a bat out of hell,
I'll be gone when the morning comes,
When the night is over,
Like a bat out of hell
I'll be gone, gone, gone

Ihre Hand liegt auf seinem Nacken. Paul weiß nicht, ob es die Hand eines Kindes, einer Frau, die einer Tochter oder einer Freundin ist. Er will es auch gar nicht wissen. Es gehört sich nicht.

*

Ich bin eine Fledermaus aus der Hölle, ich fliege über Gräber, Sirenen heulen, die Feuer winseln, das Böse herrscht in der Nacht, und Donner liegt in der Luft, nothing ever grows in this rotting old hole, die Nacht ist rot, und der Donner ist tot, if I gotta be damned you know I wanna be damned, eigentlich hätte *sie* hier liegen müssen … sie wachte am Morgen auf, öffnete die Vorhänge, vielleicht setzte sie sich ja auch einen Moment lang an den Schreibtisch, sie zog sich an und ging die Treppe hinunter, um mit Paul zu frühstücken, dann verließ sie das Haus und kam nie wieder zurück.

Wie man das Zimmer hinterlässt, so werden sie es finden nach deinem Tod. Deine Angehörigen werden den Bleistift, den du gedankenlos neben dich gelegt hast, mit ihren Augen betasten. Plötzlich haben der Bleistift und die Stelle, wo er liegt, eine ganz besondere Bedeutung. Und ihre Augen kleben deine Hand an diesen Bleistift und an diese Hand deinen Arm, deine Schultern, deinen Kopf, deinen Rumpf, deine Arme und Beine, bis sie dich wieder hinter dem Schreibtisch sitzen sehen, mit eben diesem Bleistift in der Hand, sie beobachten, wie du die allerletzte Zeichnung deines Lebens machst, sie beobachten, wie du vom Schreibtisch aufstehst und dich aufs Bett legst, sie beobachten, wie du vom Bett wieder aufstehst, die Balkontür öffnest und hinaustrittst, sie beobachten dich beim Hereinkommen, rufen dich beim Namen, aber du kannst ihnen nicht antworten, weil du tot bist, sie sehen den Bleistift auf dem Schreibtisch liegen, dort, wo du ihn liegen gelassen hast, und du kommst nie wieder zurück.

Like a bat out of hell, I'll be gone when the morning comes, when the night is over, I'll be gone, gone, gone. Die Männchen auf den Vorhängen kriegen nachts Flügel und springen auf ihre Motorräder, zusammen steigen wir in einer Kolonne zum Himmel hinauf, verstehst du, wir segeln über die Gräber und fliegen durch die Hölle.

Am Nachmittag war sie zum Hotel Juliana gegangen, in der Hand eine Schachtel Pralinen für Hans und Inez, die Oda ihr mitgegeben hatte. Hinter dem Fenster des Hotelcafés sah sie Inez sitzen, ihr gegenüber ein Mann im Anzug, den sie nicht kannte. Vor ihnen lagen Akten auf dem Tisch. Plötzlich bekam sie furchtbare Angst, dass sie sie wegschicken würden. Sie wollte nicht weggeschickt werden. Sie überquerte die Straße in Richtung Friedhof. Vor dem Eingang zögerte sie einen Augenblick. Sie öffnete die Schachtel, und an den Gräbern entlangspazierend aß sie eine Praline nach der anderen auf. Bei jungen Menschen blieb sie etwas länger stehen als bei älteren. Bei einem Mädchen, das im Alter von sechzehn Jahren gestorben war, blieb sie besonders lange stehen. Sie hieß Irma oder so. Nicht weit von ihr entfernt lag Veras Grab. Ein paar Findlinge, ein Wasserbecken, wilde Erdbeeren. Plötzlich wurde ihr unglaublich schlecht. Sie rannte vom Friedhofsgelände, denn auf ein Grab kann man wohl schlecht kotzen. Sie erbrach die Pralinen auf einem Abfallberg aus lauter welken Blumen. Sie sah, wie eine alte Frau ihr einen mitleidsvollen Blick zuwarf. Sie ging nach Hause. Es war niemand da.

*

Schritte auf der Treppe. Zum x-ten Mal kommt Paul mit etwas aus seinem Schrankkoffer die Treppe hoch.

»Was wird's wohl diesmal sein?«, fragt Oda Daisy, die in

ihrem Einhorn-T-Shirt neben ihr auf Pauls Betthälfte liegt.

»Eine Golfausrüstung?«

»Ein Safarihut?«

»Ein Moskitonetz?«

Es ist still.

»Wo bleibt Paul denn?«

»Paul«, ruft Daisy. »Lass uns nicht warten.«

Stille.

»Ich finde das nicht lustig«, ruft Oda und zündet sich eine Zigarette an.

Plötzlich am Türrahmen ein Maul, mit Zähnen, Augen, einem monsterhaften Schädel, ein Krokodil, ein riesiges Krokodil stürzt ins Zimmer. Daisy fängt an zu schreien.

»Du hast doch nicht …«

»… doch, noch einen Kaiman.«

»Wir haben doch schon einen«, ruft Oda.

»Was wir haben ist ein Babykaiman. Das hier ist sein Vater«, sagt Paul. Das Tier hat Glasaugen, und das Maul ist mit rotem Plastik ausgespritzt. »Mein Nachbar und ich haben ihn zusammen hinter meinem Haus geschossen.«

»Raus aus meinem Zimmer damit.«

»Schatz, es ist auch mein Zimmer. Dieser Kaiman hat so viel Recht hier zu sein wie du.«

»Aber ich habe Geburtstag«, ruft Oda.

Daisy hat den Kopf unter das Deckbett gesteckt. Sie winselt vor Aufregung.

»Daisy, komm da raus«, ruft Paul, um sie zu ärgern, und hält den Kaiman über sie.

Daisy steckt den Kopf unter der Daunendecke hervor und kreischt, als Paul das Tier auf sie zu bewegt.

»Der hier ist für dich«, ruft Paul. »Oda will ihn nicht.«

»Hau ab damit«, ruft Daisy.

Paul knurrt, zeigt die Zähne, die Augen weit aufgerissen, so hat Oda ihn noch nie gesehen. Daisy rennt zum Zimmer hinaus, Paul folgt ihr, sie stürmen durchs Treppenhaus, Stampfen, Brüllen, Kreischen auf dem Dachboden über ihr und dann unter ihr. Außer Atem fallen Paul und Daisy aufs Bett. Pauls Hand liegt auf Daisys Bein. Oda wirft ihr einen herausfordernden Blick zu.

»Ist was?«, fragt Daisy.

»Nichts, Schätzelchen«, sagt Oda.

Paul will sich neben Oda unter die Bettdecke legen.

»Und du machst, dass du wegkommst«, sagt Oda.

Er steht auf und geht mit dem Kaiman zum Schlafzimmer hinaus. Lachend dreht sich Daisy zu Oda und sagt: »So, jetzt hast du mich ganz alleine.«

*

»Kennst du *Die Glasmenagerie* von Tennessee Williams?«, fragt Oda.

»Nein.«

»Aber es ist sein berühmtestes Theaterstück!«

»Tut mir Leid. Ich kann nicht alles wissen, Oda.«

»Das Mädchen im Stück ist einsam. Wenn ich mich nicht irre, ist sie verkrüppelt. Sie sammelt Glastiere. Ihr allerliebster Besitz ist ein Einhorn aus Kristall. Eines Tages kommt der Junge, in den sie schon jahrelang verliebt ist, zu ihr auf Besuch. Als sie ihm ihren kostbaren Schatz zeigt, lässt er ihn unglücklicherweise fallen.«

»Was für ein Trampel!«

»Sie findet es gar nicht so schlimm, dass er das Einhorn zerbrochen hat, weil sie ihn liebt und der Ansicht ist, dass er sie auch liebt.«

»Er muss ihr ein neues kaufen.«

»Es gibt nur eines davon.«

»Pech gehabt.«

»Der Junge aber ist in eine andere Frau verliebt, und das Mädchen bleibt allein mit dem zerbrochenen Einhorn zurück.«

»Wie traurig.«

»Ja, vor allem für die Mutter des Mädchens.«

»Warum, das Einhorn hat doch dem Mädchen gehört, oder nicht?«

»Ja, aber sie hatte gehofft, der Junge wäre der richtige Mann für ihre Tochter.«

»War sie vielleicht selber in ihn verliebt?«

»Ich glaube nicht.«

»Komische Geschichte.«

»Für manche Eltern ist das Glück ihrer Kinder das Wichtigste auf der Welt.«

*

Odas gute Laune ist eine Fallgrube. Mit offenen Augen tappt Paul hinein. Sie lockt ihn heran, nur um ihm die Tür direkt vor der Nase zuzuschlagen. Warum ist er nur so gutgläubig? Weil er sie liebt und nichts anderes will als nur sie lieben, schon seit sie sich kennen, will er sie nur lieben, vollmundig, schamlos und total.

Sie saßen im Restaurant »Het Wapenfeit« an ihrem alten Tisch am Fenster. Sie waren zum ersten Mal wieder hier. Oda und Daisy saßen ihm gegenüber. Daisy in Odas schwarzem Kleid. Die langen Haare über den nackten Schultern. Sie sah wundervoll aus. An ihren Ohren hingen die Goldstäbchen, die er Oda vor Jahren zu ihrem vierzigsten Geburtstag geschenkt hatte. Oda trug ihre weiße Seidenbluse. Das Haar hochgesteckt. Daisys Federohrringe in ihren Ohren. Während sie sich unterhielten und zusammen lachten, betrachtete er ihre Hände, ihre Augen, ihre Münder. Es war eine Wonne, den beiden zuzuschauen. Er war stolz auf seine schöne Gesellschaft. Oda war ganz entspannt. Das Essen war ausgezeichnet. Nach dem Dessert fragte Paul, ob er denn nicht Emile noch auf ein Gläschen bitten solle.

»Wie kommst du denn auf die Idee?«, fragte Oda erschrocken.

»Ich habe ihn noch überhaupt nicht gesehen, seit ich wieder zurück bin.«

»Wer ist Emile?«, fragte Daisy.

»Emile ist mein Kamerad.«

»Kamerad?«

»Das ist ein Freund«, erklärte Oda.

»Ein Kamerad ist nicht dasselbe wie ein Freund«, sagte Paul. »Kameraden brauchen keine Freunde zu sein.«

»Aber wo liegt der Unterschied?«

»Auf einen Kameraden passt man auch dann auf, wenn man ihn nicht so nett findet.«

»Aber findest du Emile denn nicht nett?«

»Er ist ein Kamerad, den ich zufälligerweise auch nett finde. Wir haben viel zusammen erlebt.«

»Er ist schon immer sein Freund gewesen«, sagte Oda zu Daisy.

»Es wäre so schön, wenn er uns drei hier sitzen sähe. Er wohnt keine fünfzig Schritte von hier entfernt.«

»Und was hältst du von ihm, Oda?«, fragte Daisy.

»Ich habe ihn schon lange nicht mehr gesehen.«

»Früher war er ein Hausfreund«, sagte Paul.

»Ist er auch beim Militär?«, fragte Daisy.

»Er ist General.«

»Ich würde ihn gerne mal kennen lernen.«

»Aber nicht heute Abend«, sagte Oda bestimmt. »Es ist mein Geburtstag.« Oda presste die Finger an die Schläfen und schaute eisig vor sich hin. »Komm, wir gehen«, sagte sie und stand vom Tisch auf. In kürzester Zeit standen sie alle drei vor der Tür.

Es war ein schöner Abend. Kalt und klar. Paul schlug vor, noch ein Stück am Fluss spazieren zu gehen und dann beim Café Floris noch etwas zu trinken. Oda wollte nicht. Schweigend fuhren sie nach Hause. Oda ging gleich in ihr Schlafzimmer hinauf. Daisy und Paul saßen zusammen am Küchentisch. »So was schlägt mir auf den Magen«, sagte Daisy traurig. Im grellen Licht sah sie fürchterlich aus. Die Haut war weiß gepudert, die Lippen rot angemalt. An den Lidern klebten falsche Wimpern, die unter ihren Augen schaurige Schatten warfen. Wie kleine Krabben.

*

»Weg mit den Männern«, schrie Oda, als sie ein kleines Mädchen war. Dabei schlug sie wild mit einem Hosengürtel um sich. So hielt sie die anderen auf Distanz. Sie rannte zur Welt hinaus. Wen imitierte sie eigentlich damit? Vielleicht Louis Davids, den sie im Theater hatte spielen sehen. Warum aber ihn und niemand anderen? Warum machten Peitschenhiebe mehr Eindruck auf sie als Tanzschritte? Vielleicht mochte sie die Tanzschritte deshalb nicht, weil diese der Welt gefallen sollten. Draußen auf der Terrasse ließ sie mit ihrem Gürtel und ihren Worten das Laub erzittern, Vögel auffliegen, Wolken wegstieben. Sie presste die Lippen zusammen und kniff die Augen zu einem Spalt. Ihre Mutter und deren Freundinnen auf der Veranda fanden ihre Vorstellung »entzückend«. Weg mit den Männern, hörte sie die Frauen hinter ihren Spielkarten denken. Keine von ihnen hatte in der Liebe den großen Treffer gelandet. Diese Enttäuschung teilten sie miteinander. Was sie selber nicht hatten, gönnten sie auch den anderen nicht. Freundschaft konnte Oda bei ihnen nicht finden. Sie waren Schicksalsgenossinnen und sollten Schicksalsgenossinnen bleiben, deshalb wachten sie penibel über das Unglück der anderen. Sie schlugen die Zeit mit Bridgespielen tot, mit Illustrierten und Wohltätigkeitsveranstaltungen. Wenn die Frauen über Oda wachten, dann nur, weil sie glaubten, sie wäre so wie sie. Aber auf so eine Kollegialität konnte Oda verzichten. Sie wollte nicht werden wie sie. Sie war anders.

Freundinnen. Nur auf Distanz. Anrufen, wenn man etwas zu erzählen hat und aufhängen, sobald man das erledigt hat. Ohne dieses gegenseitige Beobachten und Beurteilen. Ohne dieses Lächeln unter dem prüfenden Blick. Freundschaft sah sie nur bei ihren Brüdern und deren Freunden. Bei ihnen gab es eine Romantik, zu der sie nicht fähig war. Sie beneidete sie um die Selbstverständlichkeit, mit der sie miteinander umgingen, ohne sich in die Angelegenheiten des anderen einzumischen. Ihre Brüder waren schon früh von zu Hause ausgezogen. Danach kamen keine Freunde mehr auf Besuch. Ihr Vater saß nur noch in seinem Dachzimmer. »Weg mit den Männern«, wiederholte sie immer wieder. Nur ein Mann im Harnisch würde diesen Peitschenhieben trotzen können. Paul schien dafür der Richtige zu sein. Die Rollen waren verteilt. Er lachte über ihre Unausstehlichkeit, aber er lachte aus der Distanz. Freundschaft hob er für seine Kameraden auf. Er ließ ihr Spielraum, doch sie wollte keinen Spielraum. Sie wollte zurückgestutzt werden, und zwar auf die Form jener Frau, die sie so gerne gewesen wäre, die sie aber unmöglich werden konnte, weil es solche Frauen aus unerklärlichen Gründen nicht gibt: beschränkt, unabhängig und glücklich. Frauen sind ausufernde Wesen, keine Form setzt ihnen Grenzen, ihr Leben ist eine Begleiterscheinung, und sie beneidet jede Frau, die aus Überzeugung sagt, dass das nicht wahr sei, aus tiefstem Herzen.

*

In einem fremden Haus, in einem fremden Land sitzt sie mitten in der Nacht auf einem fremden Klo. Sie pinkelt, während sie durch die Jalousie hindurch nach draußen in die Finsternis starrt, sie spült nicht, weil sie die Bewohner des Hauses nicht wecken will, die auch nicht gespült haben, weil sie sie nicht wecken wollten, ihr Urin vermischt sich mit dem der anderen, so etwas macht eine Familie erst zu einer Familie, ihre eigenen Eltern schließen immer die Tür ab, und dann flush, flush, down the drain. Ob der Junge in der Lederjacke mit dem Judas-Priest-Sticker, den sie heute Nachmittag in der Stadt kennen gelernt hat, wohl ahnt, dass sie in Wirklichkeit eine Fledermaus ist? Er hatte ihr zugenickt und war dann weitergegangen, zehn Schritte hinter seiner Mutter her. Sie hatte ihm noch hinterhergesehen, aber er hatte sich nicht mehr nach ihr umgedreht. Sie dachte: Heaven can wait, I'll be here till the end of time. Manchmal war sie so unglaublich feinfühlig. Die Tür zu Odas und Pauls Schlafzimmer steht offen, ihre Gesichter sind einander zugekehrt, über ihren Köpfen schwebt das Holzkreuz, sie könnte mit ihnen tun, was sie will, sie geht hinunter, setzt sich an Odas Schreibtisch, sie starrt auf den gestickten Spruch, Veras Foto, das silberne Kaninchen. Das Mädchen ohne Leben und das Kaninchen ohne Ohr machen sie traurig, aber noch trauriger macht sie die Frau, die ihre blessings, ihre Segnungen zählt, sie weiß, dass sie selber eine davon ist, wie glücklich Oda aussah, als sie die Jeans für sie bezahlte, und den Pulli und die Turnschuhe, und wie sie dann Arm in Arm durch die Stadt schlenderten und nebeneinander beim Friseur saßen und Oda ihr im Spiegel zuzwinkerte. Und hinterher, wie sie sie vertraulich fragte, was für ein Typ Jungs ihr denn gefiele und sie ihn beschrieb, ihren Judas, der in der Ecke des Wäscheladens gestanden hatte, in der Hand die Handtasche seiner Mutter, sie traute sich nicht, Oda zu erzählen, dass sie ihn angesprochen hatte, während sie ihre Unterwäsche bezahlte, und dass er sie für nächste Woche zu einer Fahrt mit seinem Motorrad eingeladen hatte, sie steht auf und geht in die Küche, der Tisch ist für sie und Paul gedeckt, neben den Tellern ein Apfel und ein Messer, als würden sie beide morgen dort wieder sitzen, kommt der Tod denn nie nachts? Auf der Küchenanrichte steht das Tablett für Oda, die Kaffeemaschine ist gefüllt, die Orangen liegen schon neben der Fruchtpresse bereit, ach, dieses Der-Zeit-Vorausgreifen, nur um hinterher das Gefühl zu haben, Zeit gespart zu haben. Draußen ist es stockdunkel, die Tiere schlafen, die Fledermäuse nicht, die Vögel und die Kaninchen vielleicht, sie zieht die Schuhe an und schlüpft in einen Mantel, sie nimmt ein Päckchen Zigaretten und ein Feuerzeug von Odas Schreibtisch, öffnet die Küchentür und geht hinaus, sie überquert den Rasen, kriecht durchs Gebüsch und das Loch im Zaun, sie nähert sich dem schwarzen Hügel, die Bagger leuchten auf, Ungetüme, ein fremder Planet, sie zündet sich eine Zigarette an und setzt sich auf den Rand des Swimmingpools, in der Nacht des Feuers hatte sie geglaubt, es wäre der Anfang eines neuen, großartigen Lebens, von fern sieht sie das Licht im Zimmer mit den Männchenvorhängen, ein in der Finsternis schwebender Käfig.

*

Unordentlich liegen Daisys Kleider auf dem Bett. Oda riecht daran und hängt sie über den Stuhl. Auf dem Boden eine brennende Zigarette im Aschenbecher. Sie nimmt einen Zug und drückt sie aus. Daisy liegt in der Badewanne. Sie singt und planscht im Wasser. Auf ihrem Kopfkissen liegen ein Heft und ein Stift. Sie liest, ohne das Papier zu berühren: I don't care if it's a sad good-bye or a bad good-bye, but when I leave a place I like to *know* I'm leaving it. Oda hört das Auto auf der Auffahrt.

Schlüssel, die nach dem Schloß tasten. Die Haustür öffnet sich. Oda geht in ihr Schlafzimmer und legt sich aufs Bett. Paul kommt die Treppe herauf. In Uniform tritt er an das Fußende ihres Bettes. Er sagt: »Ich habe das Auto wieder ordnungsgemäß nach Hause gebracht.«

»Hast du nicht geschlafen?«

»Die echten Männer sind alle wach geblieben.« Paul setzt sich neben sie auf den Bettrand.

»Wie viele sind denn wach geblieben?«, fragt sie.

»Nur Schepers und ich.«

»Und Emile?«

»Der ist früh zu Bett gegangen.«

»Wie geht es ihm?«

»Er hat nicht viel erzählt.«

»Ist er allein?«

»Wie meinst du das?«

»Ist er mit jemandem zusammen?«

»Meinst du eine Frau?«

»Ja, ist die Frage so abwegig?«

»Ich weiß es nicht, Oda, wir haben nicht über Frauen gesprochen.«

Paul steht auf und geht zum Badezimmer. Er kommt zurück. »Kann sie denn nicht die Tür zumachen?«, nörgelt er und lässt sich aufs Bett fallen. »Emile hat mich überhaupt nichts gefragt. Dabei habe ich ihn drei Jahre lang nicht gesehen! Er wollte nichts mit uns trinken und auch nicht zu uns in den Saal. Er hat sich ein Zimmer im Offiziershotel genommen.«

»Du hast immer gesagt, dass Kameraden nicht unbedingt auch Freunde sein müssen.«

»Aber er ist doch mein Freund, oder?«

Ein Höllenlärm kracht aus Daisys Zimmer. Gitarrenklänge, barbarisch kreischend, gellend, die Stimme eines Besessenen, das Ende der Welt. Es ist zum Fürchten. Paul presst seinen Kopf unter ihre Achsel. »Hört denn das überhaupt nicht mehr auf?«, flüstert er. Odas Gedanken kreisen ängstlich und unruhig um diesen Mann, der nur schlafen will.

*

Sie parken das Auto auf der anderen Seite des Flusses und fahren mit der Fähre in die Stadt. Am Ufer Hunderte von Eltern mit ihren Kindern. Oda und Daisy folgen ihnen und stellen sich in der Nähe des Landungsstegs auf. Oda setzt ihre Sonnenbrille auf und raucht nervös ihre Zigarette. Unter der Brücke kommt ein Dampfer näher. Auf dem Vorderdeck steht der Mann mit der roten Mitra und dem Stab. Hinter ihm die aufgehende Sonne. Er scheint direkt aus dieser Sonne zu kommen. Das Boot legt an, und der Heilige Nikolaus betritt mit dem Schwarzen Piet den Steg. Er bahnt sich einen Weg durch die Kindermenge und geht zur weißen Villa auf der anderen Straßenseite. Vor dem Zaun drängeln sich Kinder und Eltern. Oda und Daisy stellen sich auf die Zehenspitzen. Der Heilige Nikolaus sitzt im Gartenzimmer. Er trinkt eine Tasse Tee.

»Kommst du jedes Jahr her?«, fragt Daisy.

»Seit Veras Tod nicht mehr«, antwortet Oda.

Arm in Arm schlendern sie die Geschäftsstraßen unter der Weihnachtsdekoration und den Lichtern entlang. Aus Lautsprechern klingen Kinderlieder. Ein Orgelmann dreht seine Orgel. Sie trinken in einem Café eine warme Schokolade. Durch das Fenster sehen sie den Heiligen Nikolaus auf dem Pferd vorbeireiten, gefolgt von einem Haufen aufgeregter Kinder. Oda bestellt einen Genever und ergreift Daisys Hände. »Ich will dir noch so viel sagen«, sagt sie. »Aber wir haben ja noch ewig Zeit.«

Ein fünfzehnjähriges Leben ist schneller erzählt als ein fünfzigjähriges, denkt Daisy. Und was heißt schon ewig Zeit? Ich kann mir ewig Zeit überhaupt nicht vorstellen, und außerdem haben wir nicht ewig Zeit. Oda ist schon eine ältere Frau, und ältere Frauen haben nun mal nicht mehr ewig Zeit. Und ich gehe bald weg. Also haben wir mit Sicherheit nicht ewig Zeit. Aber so was traue ich ihr jetzt überhaupt nicht zu sagen.

»Wir haben überhaupt nicht viel Zeit«, sagt Daisy.

Oda schaut sie erschrocken an.

»Und auch wenn wir viel Zeit hätten, dann wäre das immer noch wenig«, fügt sie hinzu, um sie zu beruhigen.

*

Inez steht vor der Tür. Sie trägt ein Kostüm. Hinter ihr steht ihr Minicooper auf der Straße. Aufgeregt erzählt sie, dass sie ein Haus gefunden hätten. Oda denkt: Sie kommt Daisy holen! Sie sagt: »Ach, wie schön.«

Inez fährt fort: »Es liegt im Villenviertel, an der Goldküste, du weißt schon. Wir mieten es für ein Jahr, vor Weihnachten können wir schon einziehen. In der Zwischenzeit bauen wir unser Haus wieder auf.«

»Ja, geht das denn noch?«

»Die Fundamente sind noch in Ordnung. Es wird eine Art Schachtel draus werden. Ich kann dir ja mal die

Zeichnungen zeigen. Das alte Haus war im Grunde doch zu sehr ein Familienhaus.«

»Ein Familienhaus?«

»Ich meine für Kinder und so.«

»Ich bin sehr neugierig«, sagt Oda und hält die Tür fest.

»Das Haus an der Goldküste ist herrlich. Kein Swimmingpool, dafür aber eine Sauna. Ist Daisy zu Hause?«, fragt sie.

»Sie ist in der Stadt.«

»Und Paul?«

»Ich weiß nicht, wo er ist.«

»Sagst du Daisy, dass sie mich mal anrufen soll?«

»Aber natürlich«, sagt Oda und schließt die Tür.

Was bildet Inez sich ein, Daisy zurückzuverlangen! Daisy ist alles, was sie hat. Sie wird sie beschützen wie eine Muttergans und mit den Flügeln schlagen, wenn es sein muss.

Wieder klingelt es an der Tür.

»Oda, ich will dich noch was fragen. Ich hoffe, es macht dir nichts aus.«

»Schieß los.«

»Kann Daisy noch eine Woche bei euch bleiben?«

»Wieso eine Woche?«

»Dann verreist sie mit ihren Eltern.«

»Ach, das wusste ich ja gar nicht.«

»Macht es dir wirklich nichts aus, wenn sie noch bleibt?«

»Nein, Inez, es macht mir wirklich nichts aus.«

*

Im Bücherschrank stößt Paul auf »Die Lebensphasen des Mannes«. Ein Buch aus dem Jahr 1958. Vorn klebt das Exlibris von Odas Vater. Er findet folgende Einteilung: »0–7 Jahre: die Zeit des Phantasielebens; 7–14 Jahre: das Leben der Vorstellung; 14–21: Pubertät und Heranwachsen; 21–28: Zeit der Eroberung der Lebensbasis; 28–35: Zeit der Festigung der gefundenen Lebensbasis; 35–42 Jahre: zweite Pubertät, Desorientierung hinsichtlich der beruflichen Erfüllung; 42–49 Jahre: manisch-depressive Phase (das Erlebnis zu sein einerseits, die Enttäuschungen andererseits); 49-56 Jahre: Zeit des Aufbegehrens gegen den eigenen Verfall; 56-63 Jahre: Zeit der Gesetztheit; 63–70: eine zweite Jugend, die Wechseljahre werden akzeptiert, es kommt noch einmal zu einem Höhepunkt.«

Paul befindet sich zwischen der Phase des Aufbegehrens und der Phase der Gesetztheit. Er begehrt nicht länger auf und das Sichsetzen kann beginnen. Gesetzt, das klingt wie zuletzt.

Den Tropenjahren nach ist er neunundsechzig und reif für einen Höhepunkt. Oda begehrt noch voll gegen ihren Untergang auf. Und Daisy muss ihre Lebensbasis noch erobern.

Im Kapitel »Senectus« ist ein Absatz rot markiert. Am Rand steht ein warnendes Ausrufezeichen. »Man muss beim Essen und Kauen vorsichtig sein, auf Sauberkeit und auf die Kleidung achten. Wenn man das beherzigt und nicht zu viel redet, sondern nur seine besten Gedanken zum Ausdruck bringt, dann wird man als Greis wieder geliebt und respektiert und auch wieder öfter um Rat gefragt.« Paul stellt sich selbst als Schwiegervater vor.

Von seiner Frau eingesperrt und von seiner Tochter nicht respektiert.

*

»Oda, nimm mal an, wir könnten die Geschichte zurückspulen.«

»Zurückspulen?«

»Ja, mit so einem Rückspulknopf wie bei einem Kassettenrecorder.«

»Ist das ein Rätsel, Daisy?«

»Nein, ein Gedankenexperiment.«

»Du hast sicher schon drüber nachgedacht.«

»Aber erst frage ich dich.«

»In Ordnung, lass mich mal nachdenken, Tote …«

»Oje.«

»Tote würden aus ihren Gräbern steigen oder aus ihrer Asche wieder erstehen.«

»Ach! Und dann?«

»Sie würden immer jünger.«

»Und dann?«

»Eines Tages wären sie gerade geboren.«

»Noch weiter zurück, Oda.«

»Sie verschwänden in ihren Müttern.«

»Tot?«

»Nein, nicht ganz. Sie haben noch neun Monate Leben vor sich.«

»Und dann?«

»Während des Liebesaktes würde die befruchtete Eizelle in zwei Hälften zerfallen, die Samenzelle würde in den Vater zurückschießen.«

»Frauen müssten ejakulieren können.«

»Mhm.«

»Und dann?«

»Die Frauen und Männer würden ihrerseits nun immer jünger werden und schließlich in ihren eigenen Müttern verschwinden …«

»Und am Ende verschwände die ganze Menschheit in einer einzigen letzten Frau.«

»Und diese Frau steht dann dem einen Mann gegenüber.«

»Adam.«

»Und die Frau verschwand in seiner Rippe.«

»Uff. Und wie war das doch wieder mit ihm?«

»Er ist erschaffen aus Lehm.«

»Glaubst du das?«

»Ich habe mal jemanden gekannt, der hat ernsthaft behauptet, dass es einmal eine glückselige Urkugel gegeben habe, die eines Tages explodiert sei. Würden wir mit dieser Theorie im Hintergrund die Geschichte zurückspulen, dann würden wir alle eines Tages zu so einer Urkugel zusammenschnurren, zu einer glückseligen Einheit.«

»Und wenn wir dann noch weiter zurückspulen würden?«

»Das geht nicht.«

»Nur ein winziges Stückchen.«

»So weit kann ich nicht zurück, Daisy. Ich bin schon jetzt ganz erschöpft vom Nachdenken. Vielleicht landest du ja dann bei Gott.«

»So, Gott gibt es also!«

»Das habe ich nicht gesagt.«

»Glaubst du nicht an ihn?«

»Ach, ich weiß nicht. Darüber denke ich nicht mehr nach.«

»Wie kannst du nur über eine solche Sache nicht mehr nachdenken?«

»Eines Tages bist du einfach zu alt dafür. Dann ist es dir vollkommen egal, ob es Gott gibt oder nicht.«

*

Paul ist in der Scheune und bastelt an seinem verfluchten Jugendtraum herum. Oda hätte nie geglaubt, dass er das Ding noch einmal anfassen würde. Da kniet er jetzt in viel zu hellen Hosen auf dem Boden und fummelt mit Schlüsseln und Zangen herum. Er nimmt doch nicht den ganzen Motor auseinander? Jedes Mal, wenn sie ihm vorschlug, das elende Ding zu verkaufen, weil es im Schuppen so viel Platz wegnahm, antwortete er, er wolle es für »später« aufheben. Er sagte das so überzeugend, als wäre er sich seiner Sache ganz sicher und würde keinen Moment in Erwägung ziehen, dass dieses »später« so ganz anders aussehen könnte, als er es sich vorstellte.

Da kommt Daisy. Sie legt ihm eine Hand auf die Schulter. Er erklärt ihr, was er gerade tut. Sie kauert sich in die Hocke und hört zu. Endlich hat er jemanden, der ihm zuhört.

Er hält das Motorrad fest, damit Daisy aufsteigen kann. Sie legt beide Hände ans Steuer und gibt Geräusche von sich wie ein Indianer auf einem Pferd. Wild schüttelt sie das Haar. Paul zeigt auf den Tachometer. Er genießt.

Die Vorstellung, dass er damit allein wird umherirren müssen, bricht Oda das Herz.

*

Daisy steht mit Oda vor dem weißen Haus, in dem vorgestern der Heilige Nikolaus zum Tee empfangen worden war. Oda sagte, dass sie in dem Haus etwas abgeben müsse. Sie ist nervös wie nur was. Dauernd schiebt sie die Sonnenbrille hoch. Sie klingelt an der Tür. Niemand öffnet. »Gehen wir doch ums Haus herum«, schlägt sie vor. Im Wintergarten sitzt ein alter Mann in einem Rattanstuhl und starrt geistesabwesend vor sich hin. Als er sie entdeckt, steht er auf und öffnet die Schiebetür. Er ist lang und mager. Er trägt eine Hausjacke und Pantoffeln. Seine Augen sind listig wie die eines Raubtieres. Oda stellt sie ihm vor. Es ist der General. Er fragt Daisy, wie alt sie denn sei. Einer Frau stellt man solche Fragen nicht mehr. Sein Blick ist ihr unbehaglich, und seine Hand soll er auch lieber von ihrer Schulter nehmen. Es wäre besser, er schenkte Oda mehr Aufmerksamkeit, die sich im Mantel aufs Sofa gesetzt hat. Auf einem kleinen Beistelltisch steht dasselbe Foto von Vera wie in Odas Arbeitszimmer. Daisy mag keine Toten in Bilderrahmen. Zeit, die stehen geblieben ist, ist ihr zuwider. Die Stille zwischen Emile und Oda ist unerträglich. Sie nimmt den Fernstecher von der Fensterbank und beobachtet den Fluss. Auf der Fähre sieht sie einen Vater mit einem Baby auf dem Arm. Hinter ihm flattert die Fahne. Ein Hund steckt den Kopf durch die Stäbe der Reling. Sie hört Oda und Emile schweigen. Sie will weg von hier.

Daisy geht am Ufer entlang zum Turm. Nicht, dass sie besondere Lust hätte, spazieren zu gehen oder zum x-ten Mal den Turm zu besichtigen, nein, sie hat einfach keine Lust, bei Oda und dem General zu bleiben. Manchmal wird ihr die Mühsal dieser alten Menschen wirklich zu viel. Es ist eiskalt. Der Wind dringt durch ihre Wollmütze und die Handschuhe. Sie bezahlt den Eintritt für den Turm. Eigentlich klettert sie nicht besonders gern. Wahrscheinlich, weil ihre Eltern so viel Spaß an der Kletterei haben. Sie verderben ihr jeden Urlaub, weil sie glauben, alles besteigen zu müssen, jeden Berg, jeden Turm, um nicht den Eindruck zu haben, überhaupt nichts gesehen zu haben. Man stelle sich das mal vor: Ihre Eltern würden in ihrem Leben etwas verpassen! Deshalb muss sie immer mitklettern. Im Grunde erwarten sie von ihr, dass sie für sie genießt.

Sie steigt die Treppe hinauf und zählt die Stufen. Ab und zu schaut sie durch eines der schmalen Fenster hinaus. Ihr ist vom Drehen in der Treppenspirale ganz schwindlig. Sie fürchtet, wieder kotzen zu müssen. Auf halbem Wege setzt sie sich mit hängendem Kopf auf die Stufen. Ohne Grund fängt sie an zu weinen. Ihr ist elend zumute. Sie weiß nicht, wie lange sie auf der Treppe sitzen bleibt. Eine halbe Stunde, eine Stunde vielleicht. Niemand kommt vorbei. Ihr Po ist eiskalt.

Im Café unten im Turm bestellt sie sich ein Glas Coca-Cola. Die Serviererin bringt ihr ein superkleines Glas, das bis zum Rand gefüllt ist. Sie tun hier so, als wäre es Chardonnay. Sie raucht vier Zigaretten und kehrt dann zum Haus des Generals zurück. Er schenkt ihr eine Tafel Schokolade. Dann verabschieden sie sich. Oda zieht eine aufgerollte Zeichnung aus der Handtasche und gibt sie Emile. Sie sagt: »Von Vera für dich.«

Später im Auto drückt Oda Daisy fest an sich. Sie sagt, sie hätte das niemals ohne ihre Hilfe geschafft. Und danach bittet sie sie noch darum, Paul von diesem Besuch nichts zu erzählen. Daisy verspricht den Mund zu halten. Ihre Eltern haben nie Geheimnisse voreinander. Oder zumindest teilen sie sie nicht mit ihr. Ihre Eltern schauen aus einem gemeinsamen Paar Augen und sprechen aus einem gemeinsamen Mund. Sie findet das nicht besonders fair. Ihren Eltern geht es nur um Macht. Wie sie sie nach Europa geschickt haben! Sie haben es ihr im Chor gesagt.

»Denkst du, es ist anormal, wenn einem die eigene Tochter nicht das Liebste ist, was man auf der Welt hat?«, hat sie vom Baumhaus aus ihre Mutter den Vater fragen hören, als sie gemeinsam zum Auto gingen. Solche Worte vergisst man nicht.

*

»Paul, ich will in die Stadt,« flüstert Daisy. Sie riecht nach Odas Parfüm.

»Ich fahr dich hin«, sagt er und steigt aus dem Bett.

»Nein, ich fahre lieber mit dem Fahrrad.«

»Nichts, da, ich bring dich.«

»Du hast was getrunken.« Daisy dreht sich um und geht nach unten. Paul zieht den Morgenmantel an und schlüpft in die Hausschuhe, er folgt ihr die Treppe hinunter.

»Ich gehe in die Stadt«, sagt sie zu Oda, die vor dem Fernseher liegt.

»Wie spät ist es denn?«, fragt Oda.

»Neun Uhr«, murmelt Daisy.

»Für Mädchen von fünfzehn eine ganz normale Zeit, um in die Stadt zu gehen«, sagt Paul.

»Paul fährt dich«, sagt Oda und richtet sich auf.

»Ich will lieber mit dem Fahrrad fahren.«

»Dann fährt Paul mit dir mit.«

»Ich will lieber allein fahren«, sagt Daisy.

Oda wirft Paul einen vorwurfsvollen Blick zu.

»Das ist doch nicht meine Schuld«, sagt er.

Daisy zieht ihren Mantel an. Paul und Oda begleiten sie bis zum Schuppen.

»Ist es nicht zu kalt?«, fragt Oda. »Ich habe dir doch eine Mütze und Handschuhe gegeben, oder nicht?«

»Die brauche ich nicht.«

Paul holt im Haus einen Fünfundzwanzig-Gulden-Schein aus der Brieftasche und drückt ihn ihr in die Hand. Sie nimmt ihn und lächelt. Er kontrolliert die Reifen und pumpt das Hinterrad auf. Daisy steigt aufs Fahrrad und fährt davon. Oda und Paul sehen hier nach. Als sie um die Ecke verschwunden ist, gehen sie ins Haus zurück. Oda bittet Paul, sich zu ihr zu setzen. Sie legt den Kopf auf seinen Schoß.

»Wirst du mich immer beschützen?«, fragt sie.

»Aber natürlich, mein Schatz.«

»Und vergeben wirst du mir auch?«

»Ich brauche dir nichts zu vergeben«, flüstert er ihr ins Ohr, »du hast nichts verbrochen.«

*

Otto sah sie mit dem Fahrrad vor dem Zigarettenautomaten stehen, sie winkte ihm zu, er ahnte, was sie ihn gleich fragen würde, heutzutage hat ja keiner mehr Kleingeld in der Tasche. Normalerweise schloss er die Tür nach Ladenschluss für keinen mehr auf, aber für Daisy machte er eine Ausnahme, er mochte sie. Sie war immer freundlich zu ihm, wenn sie in den Laden kam, als ob sie das wüsste. Er öffnete die Tür und fragte, ob er ihr helfen könnte. Sie wollte fünfundzwanzig Gulden gewechselt haben. Er sagte: »Komm rein.« Sie folgte ihm durch den Laden ins Wohnzimmer. Während er das Geld zusammensuchte, setzte sie sich im Mantel aufs Sofa. Er fragte: »Willst du was trinken?« Sie antwortete, dass sie keinen Durst habe. Sie fragte, ob der Papagei sprechen könne. Er verneinte. Sie gestand, dass sie sprechende Papageien nicht leiden könne, das wäre so unnatürlich, worauf sie sich erkundigte, ob der Papagei denn manchmal herumfliegen dürfe, und er bejahte das. Er öffnete die Käfigtür und Jakob sprang heraus. Sie bückte sich und sprach mit dem Vogel, Otto besah sich den hübschen Hintern unter dem kurzen Wintermantel. Wie alt sie wohl sein mochte, siebzehn, achtzehn vielleicht, bei Mädchen weiß man das nie so genau. Sie fragte: »Wohnst du hier allein?« Er antwortete, dass er verheiratet sei und seine Frau oben sei. Sie erkundigte sich, ob sie schon schliefe. Er antwortete, sie schliefe schon seit Jahren und würde nur ab und zu wach, um dann gleich weiterzuschlafen. Sie sei krank. Daisy antwortete, dass sie das sehr schlimm für ihn fände. Das sei furchtbar nett von ihr, gab er zur Antwort, denn die meisten Kunden fänden es nur für seine Frau schlimm, obwohl es doch für ihn weitaus schlimmer sei, denn er sei ja derjenige, dem das alles nachts den Schlaf raubte. Sie fragte, was für eine Krankheit seine Frau denn habe. Er antwortete, dass das schwer zu sagen sei. Aber wenn sie wolle, könne sie kurz ins Zimmer schauen. Zusammen gingen sie hinauf, er hinter ihr. Er sah die langen

Beine, den schönen Hintern in den Jeans. Sie standen zusammen am Bett. Dann setzte sie sich auf den Stuhl neben dem Bett und betrachtete die Frau. Er stellte sich hinter sie und fragte sich, ob sie es wohl störte, wenn er ihr die Hände auf die Schultern legte. Wahrscheinlich nicht. Vielleicht fände sie es ja sogar gut, wenn er seine Hände an ihrem Körper heruntergleiten ließe. Er konnte sich nicht beherrschen, er legte ihr die Hand auf die Schulter. Sie fuhr herum und sagte, dass sie den Papagei noch einmal sehen wolle. Sie gingen nach unten, er hinter ihr. Jakob war wieder in seinen Käfig geflattert. Sie erklärte, dass sie gerade auf dem Weg in die Stadt sei. Er bot ihr an, sie zu fahren. »Du musst bei deiner Frau bleiben«, antwortete sie. Er fragte sie, ob er ihr denn noch etwas sagen dürfe. Sie antwortete: »Aber ja.« Ob sie es ihm auch nicht übel nehmen würde. Sie sagte: »Aber nein.« Er sagte: »Ich finde dich schön.« Sie sah erst Jakob und dann ihn an. Voller Mitleid. Dann sagte sie, dass sie noch eine Verabredung habe. »So spät noch?«, rief er erstaunt. »Er ist schon ein großer Junge«, antwortete sie lachend.

*

Paul könnte mit Daisy auf Reisen gehen. Er könnte sein Motorrad wieder herrichten. Ein leichtes Zelt kaufen und Feldbetten, Daunenschlafsäcke, einen Petroleumkocher, Campinggeschirr. Ein Schiff nehmen. In New York aussteigen. Sich die Stadt ansehen. Chinatown, Broadway, The City. Losfahren. Zuerst nach Albany und Syracuse und dann über die Hügel an den vielen schönen Seen entlang zu den Niagarafällen. In der Seilbahn würden sie über den größten Wasserstrudeln der Welt schweben. Und am Abend über die Rainbowbridge auf die kanadische Seite fahren, um von dort die wunderschön erleuchteten Wasserfälle zu bewundern. Sie fände es sicher riesig! Danach durchstreiften sie Süd-Ontario, zögen an Brantford, London, Chatham vorbei zur kanadisch-amerikanischen Grenze bei Windsor Detroit. Dank des Unterwassertunnels würden sie noch vor Mitternacht amerikanischen Grund und Boden erreichen. Sie würden sich ein kleines Motel suchen und herrlich lange ausschlafen. Dann weiter nach Chicago. Das letzte Stück zwischen Michigan und Chicago City böte eine wundervolle Aussicht über den Michigansee. Chicago war eine bezaubernde Stadt. Die Skyline vom See aus gesehen war ausgesprochen imponierend. Sie würden im Jack Hilton Hotel schlafen, in einem der abertausend Zimmer. Er würde versuchen, die gleichen Clubs wieder zu finden wie damals. Die Polizei fuhr in den fünfziger Jahren dort auf dreirädrigen Harleys herum. Dann würden sie den US Highway Nr. 20 entlang in Richtung Westen fahren nach Dubuque in Iowa am Mississippi. Hügel, schmale kurvige Straßen, Bau- und Weideland an beiden Seiten. In Dubuque betrug der Zeitunterschied zu New York schon zwei Stunden. Sie würden immer tiefer in den Westen fahren, Sioux City am Missouri erreichen, direkt bei der Grenze nach Nebraska. Er würde ihr das Grab von War Eagle, dem größten Sioux-Chief zeigen. Und dann würden sie nach South Dakota fahren. Langsam würde es jetzt schon angenehm warm. Der Motor schwitzte Öl, und ihre Lippen trockneten aus. Sie würde schön braun werden. Und dann in die Wüste! Sie würden nach Mitchell fahren in das James River Valley. Er würde ihr den Corn Palace zeigen, ein Palast im fernöstlichen Stil. Er ist mit Mais und indianischen Motiven verziert, quietschbunt, es würde ihr sicher gefallen. Sie würden immer weiter nach Westen kommen. Und da, Cowboys und Indianer! Die Hitze würde unerträglich, und die Nächte brächten keine Abkühlung. Und dann weiter zum Badlands National Park, wo durch die Erosion nur noch steiniger Boden übrig geblieben war. Hier wuchs nichts, und hier lebte auch nichts. Während sie sich auf dem Badlands Highway durch gelbe, grotesk geformte Schluchten schlängelten, würde sie mit dem Finger auf all die Burgen und Bollwerke zeigen. In Black Hills ließen sie dann die Wüste endgültig hinter sich. Jetzt würde es frischer, und sie sähen von weitem schon den ewigen Schnee. Danach führen sie zum Mount Rushmore und besichtigten den Shrine of Democracy. Die Hügel sind mit dunkelgrünen Tannen bewachsen, und darüber ragen die Köpfe der vier großen Präsidenten hervor. Sie kämen nach Wyoming, das Land der Berge und Hochplateaus, hier zu fahren wäre eine Wonne, nach oben, nach unten, schalten, Gas geben und bremsen. Haarnadelkurve um Haarnadelkurve nähmen sie, bis sie den Pass erreicht hätten. Und mit der untergehenden Sonne vor sich würden sie die Abfahrt wieder in Angriff nehmen. Die untergehende Sonne tauchte die roten, rechteckigen und massiven Rockies in phantastische Farben. Zwischen den enormen Steinblöcken würden sie sich sehr klein vorkommen. Ab und zu sprängen Rehe und Kaninchen über die Straße, ein einsamer Bär ließe sich sehen. Sie sind ganz in der Nähe des Big Horn National Forest, und kleine Wasserfälle lassen ihr liebliches Gemurmel hören. Sie hätte noch nie so etwas Schönes gesehen, so etwas Überraschendes und Unbegreifliches, und weil der kleine Mond drüben so hell scheint und die Sterne ihnen derart ermutigend zulächeln, schlägt er an dieser Stelle das Zelt auf.

*

Wo könnte Daisy nur sein, ein fünfzehnjähriges Mädchen auf dem Fahrrad? Wie hatten sie sie nur allein gehen lassen können? Daisy musste auf dem Weg in die Stadt an der Kaserne, am Industriegebiet, am Zigeunerlager und an den Huren vorbei … alle anderen fünfzehnjährigen Mädchen liegen schon im Bett. Daisy ist zu allem fähig, sie hat sich nicht unter Kontrolle, sie ist zu impulsiv. Vielleicht hatte sie ja irgendeinen Halbstarken …

Halt! Grau!

Paul schläft. Er hat sich von seinen Gedanken beurlaubt. Morgen beginnt ein neuer Tag mit neuen Chancen, und das Gestern ist dann schon weit weg, dieses ewige Entkommen. Als sie ihn kennen lernte, dachte sie, er hätte ein Talent zum Glücklichsein. Sie dachte, er wäre ein guter Vater für ihre Kinder. Sie dachte, seine Art zu leben wäre so etwas Ähnliches wie weise.

*

Sie drückt das Gesicht gegen seine Lederjacke, hat die Arme um ihn geschlagen, über ihrem Kopf flattert sein langes Haar, es ist eiskalt, es wäre besser, den Mantel zuzuknöpfen, aber sie ist ein richtig eitler Fratz, sie wollte, dass das Einhorn-T-Shirt zu sehen ist, damit er fragen wird, was für ein Tier das sei, und sie ihm dann alles über die Urzeit und so erzählen kann, und über ihren angeblichen Freund in Orlando, sie rasen durch die Stadt, über die Brücke, den Fluss entlang, über Wiesen, kurvige Straßen, the highway to hell, riesig das Gefühl, so dicht an ihn gepresst, und die Welt fliegt an einem vorbei, sie fahren immer schneller, sie will abheben, weit über den Bäumen Kurven ziehen, hinein in die Nacht, in die Finsternis, sie schreit sich den Tod aus den Lungen, sie sind Fledermäuse in der Hölle, flattern mit den Flügeln, hinter den Pappeln der Styx, am anderen Ufer jenseits der lebendigen Welt steht der beleuchtete Turm, das Haus des Generals, Judas bremst und stellt das Motorrad am Straßenrand ab. »Komm«, sagt er, und sie folgt ihm über eine Wiese, zu einer Scheune, er öffnet die Tür, es riecht nach Lehm und Gras, sie hat es schon geahnt, sie sind zu alt für Spritztouren ohne Hintergedanken, warum können sie nicht einfach ein Feuerchen machen, sich über den Weltuntergang unterhalten, einen Joint rauchen, er zieht sie zu sich heran, zieht ihr den Mantel aus, hebt ihr T-Shirt hoch, streicht ihr mit kalten Fingerspitzen über den Bauch, die Rippen, den neuen BH von Oda, fährt mit einem Finger unter den Rand, »du hast lustig ausgesehen mit der Handtasche deiner Mutter in der Hand«, sagt sie, um ihn zu necken. Der Priester findet das gar nicht lustig, mit ernster Miene kniet er sich hin, öffnet den Reißverschluss ihrer Jeans und zieht diese nach unten, seine Hand gleitet in ihr Höschen, er streift mit einem Finger zwischen ihren Beinen entlang, reckt den Kopf vor, sie spürt seine Hände auf Bauch und Brüsten und wirft den Kopf in den Nacken, seine langen Haare kitzeln sie, seine

Zunge macht sie verrückt, Judas zieht seine Jacke aus, breitet sie auf dem Boden aus, sie breitet ihre Wildlederjacke darüber, sie legt sich hin, er steht vor ihr und öffnet seine Hose, beugt sich über sie, »stop right there«, schreit sie im Stillen, aber sie presst die Lippen aufeinander, sie muss sich ausliefern, sie hört Ellen Foley singen »do you love me, will you love me forever, do you need me, will you never leave me«, aber es wäre ihr gar nicht recht, wenn dieser Meatloaf hier mit »Ja« antworten würde, sie starrt ihm in die finsteren Augen, sie spürt, wie er in sie eindringt, stößt, es ist das sechste Mal in ihrem Leben, eines Tages wird sie es so oft getan haben, dass sie mit dem Zählen gar nicht mehr nachkommt, er will sie küssen, aber sie dreht den Kopf weg, sie muss an Paul und Oda denken, vielleicht machen sich die beiden ja Sorgen, sie wollen sicher nicht, dass ihr etwas passiert, Judas stößt nun immer schneller, schwebt stöhnend über ihr, sie fühlt sich beobachtet, ein spähender Blick von schräg oben, hinter Judas, ein urteilender, verurteilender Blick, ich weiß sehr wohl, dass du da bist, denkt sie, und weißt du, woher ich das weiß? Du weißt genau, wovon ich rede. Ich meine das Sehen ohne Augen. Judas kommt keuchend auf ihrem Bauch, wenigstens das, denkt sie, er steht auf, zieht sich mit einem Seufzer die Hosen hoch, und sie wischt sich mit der Innenseite ihres T-Shirts den Bauch ab, zwängt sich in ihre Hosen, knöpft den Mantel bis zum obersten Knopf zu und stellt den Kragen auf. »Komm, wir gehen«, murmelt er.

Sie steigen aufs Motorrad und fahren in die Stadt zurück, sie friert, hätte sie doch nur die Mütze und die Handschuhe mitgenommen, sie überlegt, wie lange sie wohl bis nach Hause brauchen wird. Judas setzt sie bei ihrem Fahrrad ab, das sie vor der Kneipe hatte stehen lassen, er muss rechtzeitig zu Hause sein, er gibt ihr zum Abschied die Hand und fährt in seiner coolen Judas-Priest-Jacke davon, zu seiner Mutter, wohin denn sonst. Wahrscheinlich ist es nicht mal ein richtiges Motorrad, sondern nur ein frisiertes Moped. An seinem Sattel hängt ein unglaublich mickriger Fuchsschwanz.

Ein Fahrrad auf der Auffahrt. Paul wird wach. Das Geräusch eines Dynamos an einem Reifen. Oda steigt fluchend aus dem Bett, schlüpft in ihren Morgenmantel und geht nach unten in die Küche. Paul folgt ihr. Er hört ein dumpfes Klatschen, ein Schrei. Dann ist es still.

Er ruft: »Oda!«

Keine Antwort.

Er ruft: »Daisy!«

Keine Antwort.

Er setzt sich auf die unterste Treppenstufe. Er traut sich nicht nachzusehen. Er weiß, dass er, wenn er seinen Kopf durch die Küchentür steckt, sein Gesicht wird abwenden müssen. Er betrachtet den Kaiman auf der Hutablage. Ausdruckslos erwidern die Glasaugen seinen Blick. Er hört Daisy wimmern und Oda weinen. Paul steht auf und geht in die Küche. Die beiden Frauen liegen sich weinend in den Armen.

*

Sie hatte es nicht gewollt, aber sie konnte nicht anders, Daisy dreht sich von ihr weg, Oda würde am liebsten alles ungeschehen machen, aber das geht nicht, Daisy schüttelt sie ab, schafft sie sich vom Hals, und das ohne ein Wort zu sagen, Oda schaut Paul an, der sich nur die Hand in den Nacken legt, sie hält es nicht aus, das hatte sie nicht gewollt, sie ist nicht so, sie liebt Daisy doch, sie wird es nie mehr gutmachen können, sie ist außer sich, in ihr ist es vollkommen schwarz, ist es faul, sie bringt nichts Gutes hervor, im Nachhinein scheint ihr ganzes Leben ein einziger steiler Abstieg zu diesem Augenblick zu sein, weil sie genau weiß, wie es jetzt weitergeht, Daisy wird sie verlassen, sie hat ihre Chancen vertan, sie hat sich disqualifiziert, spielt nicht mehr mit, sie hat gezeigt, wozu sie imstande ist, und man ist das, wozu man imstande ist, sie ist schuldig, keiner wird sie verstehen, Paul beugt sich zu ihr, tröstet sie, sagt, dass er sie versteht, aber er versteht es nicht, weil sie es selber nicht versteht, sie will nicht, dass er ihr die Hand auf die Schulter legt, sie will seine sanft tröstende Stimme nicht hören, will nicht hören, dass er ihr mit Tränen in den Augen »ich liebe dich« zuflüstert, sie will den Mantel der Liebe nicht, weil sie es nicht wert ist, »geh weg«, raunt sie ihm zu. Er schaut sie mit traurigen Augen an. Er lässt sie los und geht hinter Daisy her nach oben.

*

Der nächste Abend. Regen klatscht gegen das Fenster, Wind pfeift um das Haus. Die Geräusche des Fernsehers dringen durch die Heizungsrohre nach oben, aus Daisys Zimmer Musik, Schritte in Richtung Badezimmer, ein deutlicher Strahl, zwanzig Sekunden, ein abruptes Ende, Regenklatschen, Fernsehgeräusche, Schritte, Türklopfen, die Tür öffnet sich, es ist Daisy, sie flüstert: »Bringst du mich ins Bett?« Paul folgt ihr ins Schlafzimmer, sie steigt ins Bett, legt sich auf den Rücken, lächelt ihm zu, er legt das Deckbett über sie und setzt sich neben sie, sie sagt »es war meine Schuld«, er verneint, sie schlägt das Deckbett zurück und fragt »willst du dich neben mich legen?«, Paul will nicht, sie legt ihm eine Hand in den Nacken und zieht ihn zu sich herunter, er lässt sich auf das Bett fallen, dreht ihr den Rücken zu, zieht die Knie hoch und spürt, wie die Bettdecke über ihn gelegt wird, ihr Körper drückt sich an ihn, er schaut auf den roten Schreibtisch, die violette Kugel mit der Hängepflanze, die Männchen auf den Vorhängen, er will sich von ihr losmachen, sie klammert sich fest, er hört das Klatschen des Regens, das Pfeifen des Windes um das Haus, er fährt hoch, »ich muss hier weg«, sagt er, doch Daisy presst ihn an sich, er sagt »wenn Oda uns jetzt sieht«, aber Daisy antwortet »Oda sieht uns nicht«, er sagt »sie kommt oft herein, ohne anzuklopfen«, »nicht bei mir«, Daisy klettert über ihn, geht zur Tür und dreht den Schlüssel um, sie legt sich wieder neben ihn, »fühlst du dich nie allein?«, fragt sie, er gibt ihr keine Antwort, er spürt ihre Beine an seinen Beinen, ihre Hände schieben sich von seinen Schultern, an den Armen entlang zu seinem Bauch hinunter, ihre Knie drücken sich in seine Kniekehlen, ihre Federohrringe kitzeln ihn im Nacken, »ich liebe dich«, flüstert sie, er sagt, dass sie nicht wisse, was sie sage, sie flüstert »ich glaube, dass ich dich liebe«, er antwortet, dass er sie auch liebe, aber so wie ein Vater seine Tochter, er muss an ihren Vater denken, der jetzt irgendwo auf der Welt an sie denkt, voller Liebe an sie denkt, vielleicht aber hat sie ja gar keinen

Vater, keine Mutter, vielleicht hat sie alles nur erfunden und ist ganz allein auf der Welt, denn nur Mädchen, die allein auf der Welt sind, tauchen aus einem Flammenmeer auf, er will sich von ihr losmachen, aus dem Bett steigen, sie sagt »nein, du bleibst hier«, er dreht sich um und schaut sie an, »du bleibst also«, sagt sie, durch den dünnen Stoff ihres T-Shirts spürt er ihre nackte Haut, »du bist wie eine kleine Oda«, sagt er zu ihr. »Ich bin keine kleine Oda«, mault sie, »ich bin eine Fledermaus aus der Hölle«, Paul fängt an zu lachen, sie will ihn küssen, aber er dreht den Kopf weg, er denkt mit aller Kraft nach, er schreit in seinem Denken »ich darf nicht, ich darf nicht«, unten hört er das Klackern von Odas Absätzen, er hört das Klackern des Regens, er hört das Klackern des Mädchenherzens »du brauchst mich«, flüstert sie, er denkt an »gesetzt«, das wie »zuletzt« klingt, und an Aufbegehren, das Klackern wird stärker, geht in ein Dröhnen über, ein riesiges Herz, sie beide zusammen in einer Herzkammer, sie beide zusammen in Veras Zimmer, sie beide zusammen in Veras Herz, er denkt: Gleich wird sie weggehen, für immer weggehen und er denkt, dass das hier in seinem Leben die letzte Chance ist, die allerletzte.

*

Paul verstaut Daisys schwarzen Koffer im Kofferraum. Oda sieht, wie Daisy am Haus hochschaut, sie hat versprochen, in ein paar Wochen wiederzukommen, aber Oda weiß genau, wie Menschen schauen, die für immer Abschied nehmen, Oda steigt in den Wagen, öffnet Daisy von innen die Tür, Daisy setzt sich neben sie, wirft das Haar zurück und seufzt, es ist ein Seufzer der Erleichterung, Oda fährt die Auffahrt hinunter, Paul geht bis zu den Hünengräbern neben ihnen her, Daisy erzählt voller Aufregung über Paris, von ihren Eltern, die sie heute Abend von der Gare du Nord abholen werden. Wie die sich wundern werden über den Prunk und die Pracht der Perle Europa, das Entzücken in den Augen einer Familie, die sich wieder vereint … Sie fahren am Dicken Otto vorbei, und Daisy schaut wie jemand, der einen letzten Blick auf den Dicken Otto wirft, und sie schaut wie jemand, der einen letzten Blick auf das Hotel Juliana wirft, auf die Kirche und den Friedhof, sie fahren durch die Stadt, vorbei an den Huren, unter der Brücke durch, am Fluss entlang, die Sonne steht tief, das Wasser schimmert, die Brücke bricht den Schimmer, sie fahren an Emiles Haus vorbei, Daisy beugt sich vor und schaut zu den Fenstern hinauf. »Grüßt du ihn von mir?«, fragt sie und lacht, nichts hat Daisy begriffen, Oda biegt nach rechts in die Straße zum Bahnhof ein. Sie betrachtet Daisys schönes Profil, ihre Augen sind auf das Unendliche gerichtet, sie sieht Daisys Körper, der bereit ist, von ihr wegzugehen. Im Rückspiegel verschwindet der Fluss, und sie hat das Gefühl, zum zweiten Mal eine Tochter zu verlieren.

*

Daisy sah Oda winken, sah sie winkend kleiner werden, als ob sie sich selbst ausradierte, sie sah den Bahnhof verschwinden, die Bäume des Parks, den Fluss, das Haus des Generals, den Turm, den hinaufzuklettern sie sich nicht getraut hatte, die Brücke, unter der sie den Heiligen Nikolaus hatte auftauchen sehen, sie hatte den Kopf aus dem Zugfenster gesteckt, ihre Haare flatterten über dem Fluss, ein Pinsel, der tausend Farben malt, eine alte Frau tippte ihr auf die Schulter und bat sie, doch das Fenster zu schließen, sie tat, worum sie gebeten wurde, und setzte sich, ihr Hals tat beim Schlucken weh, sie brauchte die halbe Flasche Kamillenspray auf, die Oda ihr mitgegeben hatte, in ihrer Tasche fand sie ein in Alufolie eingewickeltes Päckchen, ein Sandwich mit Käse und Tomaten, Odas letzte Muttertat, plötzlich war ihr ganz traurig zumute, weil sie versuchte sich vorzustellen, wie Paul und Oda jetzt ohne sie weiterleben mussten, es war, als hätte sie ihnen etwas weggenommen, wie werden die beiden wohl in fünf Jahren aussehen oder in zehn, gäbe es sie dann noch, werden sie dann noch zusammen sein, und was wird aus ihr selber werden? Wie wird sie sein, wenn die beiden schon längst unter der Erde liegen? Sie war fast sechzehn, sie war von jetzt an erwachsen, das hier musste sie so schnell wie möglich vergessen.

Sie betrachtet das Gesicht der alten Frau, die ihr gegenübersitzt, sie sieht ihre Augen hin und herschießen, als ob sie kein einziges Detail der vorbeifliegenden Welt verpassen wollte … quietschend kommt der Zug zum Stehen, inmitten von Wiesen und Kühen, die alte Frau lächelt und sagt: »Wer weiß, vielleicht sitzt ein Kaninchen auf dem Gleis.«

Daisy fängt an zu lachen. Ihr gefällt es, dass einer so alten Frau noch so etwas einfällt.

»Warum lachst du?«, fragt die Frau misstrauisch.

»Wegen des Kaninchens natürlich«, sagt Daisy. Sie stellt sich vor, wie das Kaninchen aufrecht auf den Gleisen sitzt, die Vorderpfötchen in die Luft gestreckt. »Stopp«, ruft das Kaninchen.

Die alte Frau schlägt eine Zeitung auf und fängt an zu lesen, das Licht fällt durch ihren Häkelhut und streut Flecken über ihr Gesicht, sie sehen aus wie Glanzkörner, wenn ich jetzt blasen würde, denkt Daisy, dann würde sich das Gesicht der alten Frau verändern, die Körner würden sich neu zusammenfügen, eine andere Person formen. Daraus könnte die ganze Welt bestehen, aus Glanzkörnern, die sich immer wieder anders formieren, Menschen würden sich in andere Menschen verwandeln, Städte in andere Städte, Landschaften in andere Landschaften, und während sie noch darüber nachdenkt, kommt es ihr vor, als ob sie sich selber in etwas anderes verwandelt.

Es fängt an zu regnen, die Körner verwandeln sich in Tropfen, dicke Regentropfen, die ineinander verfließen, aus den dunklen Trümmerresten von Hans' und Inez' Haus strömen schwarze Rinnsale, die sich in den Garten ergießen, das Kaninchen huscht in sein Loch, der Fuchsschwanz an Judas' Sattel zieht eine Strichellinie … der Zug nimmt wieder Fahrt auf, ein Boot, ein Unterseeboot, die Regentropfen kriechen zitternd am Fenster hinauf, Figuren, Quallen, Geister, außerirdische Wesen.

Die Frau schlägt die Zeitung zu und schaut wieder hinaus, ihre kleinen Augen wollen nichts verpassen von dem, was dort zu sehen ist.

*

Nachdem Oda Daisy zum Zug gebracht hat, geht sie zum Auto zurück. Beim Fahrradständer vor dem Bahnhof werden schon die ersten Weihnachtsbäume verkauft. Ein paar kichernde Mädchen stehen in der Sonne und rauchen. Oda denkt an den Tod. An ihren eigenen Tod. Ihre ehemalige Biologielehrerin war genau an so einem Tag wie heute zu den Hochhäusern hinter der Schule gefahren, hatte den Lift in den elften Stock genommen und war dort mit der Handtasche in der Hand über das Geländer geklettert. Oda muss oft an sie denken. Sie stellt sich dann vor, wie sie dort unten auf dem Boden lag. Die Biologielehrerin trug immer so schöne Stiefel. Sie sieht die zerschmetterte Frau mit diesen Stiefeln und der Tasche aus demselben Leder, derselben Farbe vor sich liegen. Oda macht sich Mut. Sie gehört nicht zu den Frauen, die irgendwo herunterspringen. Sie steigt in ihren Wagen, schiebt das Schiebedach zurück und zündet sich eine Zigarette an. Sie fährt in die Stadt. Sie parkt vor dem Supermarkt und geht in den Fischladen. Sie sieht Frauen mit offenen Wintermänteln. Mütter, die mit Söhnen und Töchtern Weihnachtseinkäufe erledigen. Sie bestellt zwei Seezungenfilets. Gleich wird sie nach Hause fahren, für Paul und sich selber kochen und danach auf dem Bauch liegend fernsehen. Sie will zum Auto zurück, aber sie geht in die falsche Richtung. Auf den Turm und den Fluss zu. Beim Restaurant »Het Wapenfeit« wird gerade die Weihnachtsdekoration angebracht. Vor dem Turm steht eine Schulklasse und wartet. Aufgeregt schauen die Kinder nach oben.

Damals, als Vera den Turm hochklettern sollte, war Oda eine der Mütter, die die Schulklasse begleiteten. Das Kind hatte solche Angst davor. Oda schlug ihr vor, mit nach oben zu gehen. Aber Vera wollte den Turm überhaupt nicht besteigen. Sie musste. Erst später begriff Oda, dass Vera geglaubt hatte, sie müsste den Turm hochklettern wie man einen Berg hochklettert, außen hoch. Sie hatte sich selber mit Seil und Haken am Turm hängen sehen. Die Lehrerin hatte ihr nicht gesagt, dass sich im Innern des Turms eine Treppe befand. Oda war erleichtert, als sie sah, wie erleichtert Vera war, und sie fand das Mädchen ungeheuer tapfer, wie sie da vor ihr her die Stufen hinaufstieg. Ihr liebes kleines Mädchen. Sie standen oben auf dem Turm. Dutzende von Kindern hoch über der Stadt. Durch die Balustrade spähend. Oda schaute zu dem kräftigen Fluss und Emiles Haus hinüber. Sie legte Vera die Hände auf die Schultern. Sie fühlte sich verletzbar. Der Himmel war so nah, die Erde so weit weg. Vera fragte: »Hast du Angst?« Die Glocken fingen an zu läuten.

Eine Tochter verlieren. Eine Tochter, deren Rufen, Kreischen, Lachen nah oder fern wie das Lied eines Waldvogels klang, ein Lied, das Abstände bestimmte und die Grenzen ihrer Welt umriss. Seit Veras schweigt, ist Odas Welt grenzenlos.

Sie geht mit den zwei Fischen hinunter zum Fluss und biegt nach rechts ab. An der Stadtmauer stehen Agaven. Es wäre besser, sie täte das hier nicht. Aber sie setzt ihren Weg fort. Das Licht auf den Häuserfronten. Die glänzenden Knospen der Linde. Die Kühe und Pferde am anderen Ufer des Flusses. Sie legt die Hand auf die Klinke der Zauntür. Von hier aus sieht sie Emiles Kopf im Gartenzimmer. Sie geht den Weg hinauf und klopft gegen das

Fenster. Emile springt auf und öffnet ihr. Als hätte er sie erwartet. Er sieht ihre Tasche und fragt, was sie denn da mitgebracht habe. »Zwei Seezungen«, sagt sie und fängt an zu lachen. Sie geht die Treppe hinauf, tritt ins Schlafzimmer und lässt sich aufs Bett fallen. In der Zimmerecke schimmert der goldene Stab. Emile setzt sich neben sie, sie streckt sich aus. Er fragt nichts und sagt nichts. Durch das Fenster sieht sie einen Vogelschwarm vorbeifliegen. Sie hört einen Zug über die Brücke donnern. Die Sonne schimmert durch Emiles irrsinnig abstehende Ohren. Als ob sie von selber leuchteten. Die Haare auf seiner Brust sind grau geworden. Er schaut sie verwundert an. Auch sie wird sich verändert haben. Er packt sie und presst seinen Mund auf ihren, sie zieht ihn zu sich heran, legt ihm den Kopf auf den Greisenbauch. Ihr Körper entledigt sich aller Gedanken. Es fängt an zu regnen. Sie taumelt in den Schlaf. Heimatschlaf. Sie weiß nicht, wie lange sie schläft. Sie steht auf und geht ins Badezimmer. Sie streicht über ihren seidenen Morgenrock.

IV

1987

1

Emile steht am Fluss. Er starrt in das graue Wasser. Kreise und Streifen. Sechs Kilometer pro Stunde. Marschtempo. Welcher Tag ist heute, er weiß es nicht, welcher Monat, der Angstschweiß bricht ihm aus, ist es Frühling oder Herbst, die Sonne steht niedrig über dem Fluss, blendet ihn, wo ist er nur, er schaut sich um, alles weg, blanko, leer, das passiert Menschen in seinem Alter häufiger, sie fallen einfach tot um, weil sie nicht mehr wissen, wer sie sind, nicht mehr wissen, wo oben und unten ist, vorbei, aus, Amen, das muss das Jenseits sein. Plötzlich sieht er sie. Sie begrüßt ihn. Der Horizont schwebt in Höhe ihrer Knie. Im Sand um sie herum Abdrücke der kleinen Füße. Die langen braunen Locken sind auf eine Seite gebürstet. Mit der rechten Hand drückt sie das Haar gegen den Hals, die andere Hand ruht auf dem linken Bein. Die Schultern krümmen sich nach vorn. Sie zieht den Bauch ein. Um den Nabel liegt ein Schatten. Ihr Gesicht ist blass. Der Blick ist gleichzeitig voller Furcht und Verlangen. Vielleicht aus Sorge, weil sie noch nicht so ist, wie sie gerne sein wollte. Der Mund ist klein, etwas unzufrieden vielleicht. Ein Moment lang steht sie im vollen Licht. Das Wasser hinter ihr zieht sich zurück, der Sand weicht unter den Füßen. Sie löst sich in Luft auf. Emile will sie aus seinen Gedanken vertreiben, aber gerade weil er nicht mehr an sie denken will, denkt er umso stärker an sie. Was wiegt überhaupt die Zeit, wenn Erinnerungen nie verblassen und Verlangen niemals an Kraft verliert?

Ein paar Möwen, ein Rheinkahn. Auf der anderen Seite im wilden Gras die Prschewalskipferde, die Bisons, die Kühe. Ein Naturdenkmal. Die Prähistorie. Links von der Brücke die Windmühle. Manchmal scheint alles, der Fluss, die Brücke, die Boote, die Autos auf der Brücke, die Spaziergänger von dieser einen Windmühle angetrieben zu werden. Nur einen Finger zwischen die Flügel gesteckt, und alles stünde still.

Gestern saß er mit der Witwe eines ehemaligen Kollegen in einem Amsterdamer Restaurant, und er konnte die Augen nicht von einem Jungen mit einem Riesenei wenden, aus dem ein Dinosaurier auftauchte, wenn man die obere Eihälfte hochhob. Der Junge schien ihn wieder zu erkennen. Aber vielleicht erkannte das Kind in seinen Augen ja nur das Staunen über das Eiertier wieder, das er bei seinen jungen Eltern nicht fand. Emile kannte dieses Kind aus einer fernen Vergangenheit. Ein blonder, blasser Junge. Eine Wasserratte. Paul Klein.

Emile versuchte sich auf den Monolog seiner Begleitung zu konzentrieren, eine einzige Aneinanderreihung von Krankheiten, an denen Kollegen und die Frauen von Kollegen litten, von kürzlich erfolgten Todesfällen, und jedes Mal, wenn sie ihn fragte »Kennst du den?«, dann wusste Emile, dass derjenige gerade gestorben sein musste oder jemanden verloren hatte. Er fuhr fort, den Jungen zu beobachten, der immer wieder die zwei Hälften der Eierschale zusammendrückte und auseinander zog und so das monsterhafte und Furcht erregende Tier wieder zum Vorschein kommen ließ. Emile beneidete ihn um sein Ei, das er selber gern gehabt hätte, und um die Mutterhand, die ab und zu sein Gesicht streichelte, den Vaterblick, der stets auf ihm ruhte, doch Emile beneidete auch die Mutter und den Vater um ihr Kind, weil sie sich an seiner Anwesenheit wärmten wie an einem behaglichen Kaminfeuer. Dann sah er wieder in die Augen seiner Begleitung. Sie schwiegen beide, warteten, warteten darauf, dass er die schreiende Leere, die ihre Lobrede auf den Tod hinterlassen hatte, mit Leben füllen würde. Ihr musste klar sein, dass er, Emile, rein zufällig hier saß. Es war so praktisch gewesen: Als Rentner durfte er heute umsonst den Zug benutzen. Warum also nicht einen Ausflug nach Amsterdam machen? Bei schönem Wetter könnte er in einem Straßencafé ein Bier trinken, mit einem seiner Bekannten etwas essen gehen, ja, vielleicht auch noch einen Spaziergang machen. Auf einmal machte die Witwe ein ganz trauriges Gesicht. Durch die Aufzählung der Toten und Krankheiten hatte sie sich Leben eingeblasen, doch jetzt, wo sie damit fertig war, sackte sie zusammen wie ein Soufflé. Emile kam sich richtig vital vor, er erkundigte sich nach ihren zwei Schwestern, von denen er eine einmal auf einem Fest auf dem Schwalbenberg umworben hatte. Die Witwe antwortete: »Eine Geschichte über alte Leute ist immer auch eine Lebensgeschichte.« Was für eine Binsenweisheit. Ihm war das aus irgendeinem Grund nie so vorgekommen. Dinge drangen nicht mehr richtig zu ihm durch. Vielleicht bestand darin das Gewicht der Zeit. Als er sie nach dem Abschied die Gracht hinuntergehen sah, dachte er, wie schlecht ich doch bin. So richtig schlecht. Und er rief: »Odette, Odette«, aber sie hörte ihn nicht oder wollte ihn nicht hören. Und er war zu feige, ihr hinterherzulaufen. Aber was das Allerschlimmste war: Es war nicht mal Odette.

Emile wurde traurig. Er musste sich selber trösten. In einem Eiscafé aß er zwei Kugeln Vanilleeis. Danach kaufte er eine Schachtel Pralinen. Mit Bauchweh ging er zum Hauptbahnhof und warf unterwegs noch einen kurzen Blick auf den königlichen Palast, wie er es früher mit Oda und Vera oft getan hatte. Im Zug setzte er sich an einen Platz mit einem Tischchen, weil er hoffte, dass sich jemand zu ihm setzen würde, aber es kam niemand. Auf einer alten Zeitung machte er eine Zeichnung.

So war er mit Vera gegangen. Sie hatte ihr Schottenröckchen an. Sie klemmte ihre Beine um seinen Nacken. Sie wickelte den Rock um seinen Kopf, so dass er nichts mehr sehen konnte. Er rief zwischen ihren Beinen hindurch, dass sie den Rock hochheben müsse. Quietschend vor Vergnügen zog sie ihn immer wieder nach unten. Er wollte, dass sie seine Tochter würde.

Gegen zehn Uhr kam Emile zu Hause an. Er nahm sich ein Bier aus dem Kühlschrank und setzte sich aufs Sofa. Er starrte auf den dunklen Fluss draußen. Er wollte noch hinaus. Einen kurzen Abendspaziergang machen. Am Fuß des Kirchturms blieb er stehen und sah nach oben. Danach ging er zur Brücke. Er kam an der Stadtmauer vorbei und an den Mädchen in den Türen ihrer düsteren Zimmerchen. Sie winkten ihm einladend zu, aber er setzte stur seinen Weg zur Brücke fort. Er stieg die Brückentreppe hinauf und ging bis zur Mitte des Flusses. Dort legte er die Hände auf das Geländer. In der Ferne sah er in seinem Haus das Licht brennen, den Pilz in Veras Zimmer.

2

Wenn man tot ist, muss das ungefähr so sein wie vor der Geburt, dachte Emile früher einmal. Ceylon 1943. Er lag am Strand und sah zu den Sternen hinauf. An den Himmel dort oben glaubte er nicht mehr, auch nicht an das Feld der Ehre wie sein bester Kamerad Klein, der neben ihm im Sand schlief. Bereit, für das Vaterland zu fallen. Klein war überzeugt, nach dem Tod mit sämtlichen Kameraden in das Feld der Ehre einfahren zu dürfen. Ohne Frau und Kinder. Die nämlich kamen in den Himmel. Emile hörte das Rauschen des Meeres und Kleins leises Schnarchen. Sein Mund stand etwas offen. Emile beneidete ihn um die Sorglosigkeit und das Vertrauen.

Eine Geschichte über alte Leute ist immer auch eine Lebensgeschichte. Worte einer Witwe. Ein auf Fakten und Ereignisse reduziertes Leben. Der Tod als Ende dieser Geschichte. Emile hatte Klein zum ersten Mal im Freibad ihrer Heimatstadt gesehen. Zitternd hatte er am Beckenrand gestanden. Am ganzen Körper bebend vor Angst und Aufregung. Ein blonder und blasser Junge, weiß wie Milch. Voller Ehrfurcht schaute er zum Bademeister auf. »Willst du zu den Wasserratten gehören?«, hatte dieser ihn gerade gefragt. Und Klein antwortete mit seiner Piepsstimme: »Da muss ich erst meinen Vater fragen.« Emile war im Wasser, lehnte mit dem Rücken am Beckenrand. Fasziniert sah er zu dem zarten, kleinen Jungen hoch. Der Altersunterschied zwischen ihnen betrug drei oder vier Jahre. Er, Emile, schien in dem Augenblick seine Unschuld zu verlieren, als er Kleins Unschuld zu Gesicht bekam. Von diesem Augenblick an waren die Rollen eindeutig festgelegt.

Kleins Vater erlaubte, dass er Mitglied der Wasserratten wurde. Emile gab ihm Einzeltraining. Er lehrte ihn die vier Grundschwimmarten, dazu starten und wenden. Emile machte es vor, Klein machte es nach. Klein war eifrig, er wollte jeden Tag mit Emile zusammen schwimmen. Und er war streng mit sich. Blieb er hinter Emile zurück, ärgerte er sich grenzenlos. Emile lehrte ihn, dass Erfolg zwar besser sei als Misserfolg, aber dass nicht jeder Erfolg unbedingt auch ein Sieg sein müsse. Ein Ziel müsse hoch gesteckt sein, aber immer erreichbar. Klein war wie ein treuer Hund, er ließ sich willig abrichten.

Emile glaubte weder an das Feld der Ehre noch an den Himmel, er glaubte nur an die Himmelskörper. In der Schule hatte er von Lemaître gehört. Der belgische Gelehrte war der Meinung, dass sämtliche Materie ursprünglich einmal in einem einzigen Uratom vereint gewesen sei. Vor Milliarden von Jahren sei dieses riesige Atom explodiert und habe die Materie in den Raum geschleudert. Wir befänden uns jetzt auf der abgekühlten Schlacke und sähen langsam die Sonnen um uns herum erlöschen. Wir versuchten auch, uns an die verschwundene Pracht des Ursprungs der Welt zu erinnern. Wie an ein abgebranntes Feuerwerk. Das klingt so ähnlich wie: Der Zug ist abgefahren.

Ende der dreißiger Jahre wurde Emile Soldat. Klein war in der letzten Klasse des Gymnasiums. Er schwamm, ruderte und bastelte an seinem alten Motorrad herum. Wenn Emile Urlaub hatte, besuchte er Klein im Haus hinter dem Bahnhof, wo dessen Vater eine Druckerei besaß, oder sie verabredeten sich gleich im Schwimmbad. Klein trainierte jeden Tag. Inzwischen konnte er Emile auf langen Distanzen schlagen. Aber Kleins Ziel war gar nicht zu gewinnen, sondern er wollte, dass Emile stolz auf ihn war. Der Krieg beendete ihr Zusammensein. Emile war mit seinem Bataillon in Zeeland stationiert. Auf der Flucht vor den anrückenden Deutschen setzte er auf einem englischen Schiff bei Dünkirchen über den Kanal. Von England aus konnte er keine Verbindung zu den Niederlanden aufnehmen. Er dachte voller Wehmut an seinen jungen Freund. Und voller Eifersucht. Klein gehörte ihm.

1942 fuhr Emile nach Schottland. Das Commando Basic Training Centre brauchte Soldaten. Seine englischen Kollegen warnten ihn vor dieser hell on earth. Emile war ehrgeizig. Es war eine Elite-Ausbildung. Die Ankunft in der Hölle aber ähnelte eher einer Heimkunft. Als er aus dem Bus stieg, sah er einen jungen Soldaten auf dem Rasen stehen, eine Hand in die Hüfte gestützt, eine Zigarette im Mund. Kaum hatte ihn dieser Soldat erblickt, sprang er wie ein junger Hund in die Luft und kam auf ihn zugerannt. Klein! Emile schloss ihn in die Arme, hob ihn hoch und schwenkte ihn herum. Sie gehörten einander.

Das Training war sehr anstrengend. Alles musste im Laufschritt geschehen, sie wussten schon nicht mehr, wie das normale Gehen ging. Übungsmunition war im Lager unbekannt, die Übungen wurden unter dem scharfen Feuer der Gewehre und Sprengungen abgehalten. Sie lernten, aus jeder Lage zu schießen und dabei unter allen Umständen das Ziel zu treffen. Sie lernten den Kampf ohne Waffen und den unfehlbaren Einsatz des Dolchs, dazu Fallschirmspringen, Felsen hochklettern, Lokomotiven bedienen, Wasserläufe mit Hilfe von Seilbrücken überwinden. Neben dem Geschicklichkeitstraining schickte man sie zu Manövern ins Feld, öde Landstriche, wo es entweder ununterbrochen regnete oder bittere Winterkälte herrschte. Klein hielt alles genau in einem Tagebuch fest, für seinen Vater. Ein paar Auszüge daraus wurden später im Jubiläumsband des Fallschirmjägerbataillons veröffentlicht.

Lieber Vater, die erste Fahrt im Jeep war eine Wucht. Ich durfte sogar selber fahren. Du hättest mich in diesem eckigen Ding sehen sollen. Wir fuhren im Konvoi durchs schottische Hochland, ich in der Mitte. Ich sollte mich immer wieder umsehen, ob der Rest auch mitkam. Jede Besatzung eines Jeeps musste den Jeep hinter sich im Auge behalten. Das erst ist Leben! So ein Jeep, so eine Kolonne und schnell wie der Blitz durch Gottes schöne Natur! Schau dir nur dieses Tal an! Und die Berge! Vorwärts, marsch! Dem Unbekannten entgegen. Meine Hand lag auf der Windschutzscheibe. Ich hätte sie einfach so verbiegen können, so stark kam ich mir vor, frei, voller Tatendrang. Hoppla-päng, ein Schlagloch. Und noch eins. Ganz schön wilde Geländefahrt. Der Jeep schlenkerte wie ein steuerloses Schiff im Sturm. Und auf Kopf, Beine, Hintern, Rücken, Schultern und Ellbogen aufpassen – und die Straße nicht zu vergessen. Der Schlamm spritzte einem nur so um die Ohren. Und dann wieder eine Menge Schlaglöcher und Wagenspuren. Ich hatte das Gefühl, auf dem Jahrmarkt in einem Boxauto zu sitzen. Boing, machte der Jeep, die Stoßdämpfer bis zum Anschlag. Die Windschutzscheibe war verbogen, nicht von meiner starken Hand, sondern von meinem armen Kopf! Und mein Knie hat auch was abbekommen! Der Jeep ächzte in allen Fugen und rammelte und schüttelte und knallte, Bamm-Bumm-Blubb … ich saß fest.

Klein und Emile waren ein gutes Team. Nach Beendigung des Trainings erhielten sie das grüne Barett. Emile wurde zum Ersten Leutnant ernannt, Klein zum Fähnrich. Im Frühling brachen sie per Schiff zum Corps Insulinde in Ceylon auf. Von dort aus mussten sie Sumatra infiltrieren, um Informationen über die Japse zu sammeln und die Kriegsgefangenenlager zu lokalisieren. Wenn sie nachts am Lagerfeuer saßen und Whiskey tranken, redete Klein von Tieren und Motorrädern, während Emile nur an Mädchen und Frauen dachte. Eines Abends gingen sie zu einer Wahrsagerin. Sie prophezeite Klein, dass er ein Kind bekommen würde, das er dann wieder verlöre. Emile prustete vor Lachen, weil Klein ja selber noch ein Kind war. Die alte Frau warf ihm einen vorwurfsvollen Blick zu, vielleicht weil er lachte oder aber auch, so überlegte er sich viele Jahre später, weil sie wusste, dass er es wäre, der Klein das Kind wegnehmen würde.

3

Am 10. August 1973 stand Emile um halb sieben auf, zog sein T-Shirt, eine Sporthose und Sportschuhe an. Draußen war es neblig und warm. Am Ufer machte er seine Stretch-Übungen und rannte den Kai entlang zur alten Brücke. Er überquerte sie und schlug den Weg am Außendeich ein. Die Fähre löste sich gerade vom Ufer, ein Schwarm Enten flog über das Wasser. Eine Kuh stand mit den Beinen im Wasser, schließlich brach die Sonne hervor. Bei den Pferden blieb Emile stehen. Er pflückte Grasbüschel und hielt sie den Tieren hin. Sie schauten ihn an, wie sie ihn immer ansahen: ruhig und vertrauensvoll. Hinter ihren peitschenden Schwänzen sah er nebelverhangen sein Haus liegen. Er rannte über die neue Eisenbahnbrücke zurück und beendete seinen Ausflug mit Übungen, dort wo er angefangen hatte. Emile frühstückte und las die Zeitung. Durch das Fenster sah er sein kleines Mädchen schon am Terrassentisch sitzen und zeichnen, oder es balancierte am Rand des Lavendelbeets entlang, rannte über den Rasen davon, unter den Birnbäumen, den Nussbäumen hindurch, nur, wo rannte es hin?

Oda kam um zwölf mit dem Auto vorgefahren. Emile öffnete das Zauntor und die Türen der Garage, sie fuhr hinein und stieg aus dem Wagen. In Tennisröckchen und weißem Polo-Shirt. In der Hand Veras Pilzlampe. Emile hob zwei schwere Koffer aus dem Kofferraum und trug sie ins Haus. Oda hatte vorher schon ein paar kleinere

Sachen hergebracht. Den seidenen Morgenmantel, der jetzt im Badezimmer hing, und ein Fläschchen Quadrille, an dem Emile jeden Morgen und Abend kurz schnupperte.

Als er die Koffer ins Haus trug, spürte er Odas Hand auf seiner Schulter. Er stellte die Koffer hin und ließ sich von ihr nach oben führen. Sie zog ihn aufs Bett herunter und klammerte sich an ihn. Er küsste ihren Nacken, kniff in ihre Waden, zog ihr die Schuhe aus. Oda kniete sich hin und stützte sich auf die Hände. Sie warf ihm einen neckischen Blick zu. Sie schwang ihr langes Haar hin und her. Emile warf sich auf sie. Sie war stark und beweglich. Sie schleuderte Emile auf den Rücken und setzte sich auf seinen Bauch. Sie drückte ihm die Arme auf die Matratze. »Ergib dich«, sagte sie. »Ich ergebe mich«, seufzte Emile. Von dieser Frau würde er nie genug kriegen.

Ganz allmählich hatte sie sein Haus in ihr gemeinsames Haus verwandelt. Seine schweren, alten Möbel waren durch Möbel ersetzt worden, die beiden gefielen. Hell und freundlich. Die Küche war modernisiert worden, und für Vera hatten sie ein zweites Bad einbauen lassen. Das Haus war neu gestrichen. Emile genoss es, wie seine schöne Freundin dem Haus ihren Willen aufzwang. Sie hatte Geschmack und Durchsetzungsvermögen. Die militärischen Souvenirs in der Eingangshalle hatte sie erbarmungslos in sein Arbeitszimmer auf dem Dachboden verbannt.

In diesen Tagen richteten sie Veras neues Zimmer ein. Sie verlegten einen beigefarbenen Teppichboden. Danach hängten sie hellblaue Gardinen auf. Emile baute das neue Bett zusammen, während Oda Veras Kleider aus dem Koffer holte und in die leeren Fächer des neuen Schrankes legte. Ab und zu hielt sie lachend ein Kleidchen hoch und fragte ihn, ob er es denn nicht süß fände. Emile antwortete, Generäle fänden nie etwas süß. Die Pilzlampe stellte Oda auf die Fensterbank. Ohne den Pilz konnte ihre Tochter nicht einschlafen. Dicht nebeneinander standen Emile und Oda vor dem Fenster und schauten auf den Fluss hinaus. »Ich werde ihr das Segeln beibringen. Ich kaufe ihr einen Pirat oder einen Optimist«, sagte Emile. »Sie ist eine richtige Wasserratte.« Oda umarmte ihn und flüsterte: »Du wirst ein ausgezeichneter Vater für sie sein.« Sie erschrak vor der Grausamkeit ihrer eigenen Worte.

Gegen Abend kochten sie zusammen. Emile briet eine Forelle, Oda machte einen Salat. Emile öffnete eine Flasche Weißwein, Oda deckte den Tisch unter dem Nussbaum. Zum ersten Mal an diesem Tag saßen sie ruhig beisammen. Emile brachte einen Toast auf Oda aus, aber Oda hielt es nicht für den geeigneten Augenblick, um das Glas zu heben. Sie starrte traurig ins Leere. Schweigend aßen sie auf. Auf Oda wartete eine schwierige Aufgabe. Emile konnte ihr dabei nicht helfen.

Nach dem Essen duschte sich Oda und zog sich um. In einem hellbeigen Sommerkleid kam sie die Treppe herunter. Emile hätte sie am liebsten wieder nach oben getragen, aber Odette musste gehen. Sie löste sich aus seiner Umarmung. Sie fuhr ihr Auto aus der Garage. Emile begleitete sie bis zum Kai. Sie steckte eine Hand durch das Schiebedach, winkte ihm zu, hupte und fuhr auf die untergehende Sonne zu. Weg und Fluss verschwammen zu einem goldenen Faden. Emile hatte Angst, dass sie nie mehr zurückkommen würde.

4

Odas geflügelte Worte. Man muss sämtliche Kombinationen ausprobieren, bis man die richtige gefunden hat, alle Möglichkeiten durcheinander schütteln, bis sie an der richtigen Stelle liegen, am passenden Ort, wo alle Dinge stimmig sind, wo man hingehört, wo man sich zu Hause fühlt.

1964. Ein Fest auf dem Schwalbenberg beim Stab des Prinzen. Emile war gerade von seiner Mission auf Curaçao zurück. Klein war kurz vorher zum Major ernannt worden. In seinen Armen die schönste Frau, die Emile je gesehen hat. Emile und Oda schauten einander an. Feuerwerk. Sie verschmolzen zu einer Urkugel. Voller Schrecken stellte Emile fest, dass sie zueinander gehörten. Und er wusste, dass sie genauso empfand. Die Anwesenheit seines Kameraden, der seine junge, schwangere Frau voller Stolz, Liebe und Bewunderung betrachtete, hinderte Emile nicht daran, sie besitzen zu wollen. Die Vorstellung, dass ausgerechnet Klein mit der Frau seiner Träume antanzte … Emile und Oda schauten ihn traurig an. Klein glänzte, strahlte. Früher oder später würde er das Opfer ihrer Liebe werden. Es konnte Jahre dauern, aber diese Liebe war geduldig.

Emile besorgte seinem Kameraden eine Stelle beim Stab seiner Division. Klein musste sich um den Nachschub kümmern. Er war für die Logistik geboren. Klein war gewissenhaft, autoritär zu seinen Untergebenen und gehorsam seinen Vorgesetzten gegenüber. Ordnung, Treue, Aufopferung, die Werte waren ihm nicht nur lieb und teuer, damit würde er sich nicht begnügen, sondern sie waren ihm heilig, unverzichtbar, als wäre ihm ein Leben ohne Treue, Ordnung, Aufopferung nicht möglich. Er war vollkommen auf seine Kameraden eingespielt, Freundschaft suchte er nicht, sondern Kameradschaft, zusammen waren sie eine Maschine, vielleicht galt das ja auch für seine Beziehung zu Oda, er sprach über sie wie über einen guten Teamkollegen, und manchmal sagte er: »Haben wir das nicht klasse hingekriegt?«

Emile konnte mit Odette Gedanken teilen, die man besser für sich behielt, weil man solche Gedanken einfach nicht hatte. Sie sprachen eine verbotene Sprache. Eine Geheimsprache. Ein Komplott gegen die Welt. Stundenlang spielten sie Scrabble und legten sich Worte, die es gar nicht gab. Man hätte es Liebe nennen können, aber Oda mochte das Wort nicht. Sie behauptete, Liebe wäre von Menschen erfunden worden, die ein Wort dafür brauchten. Von Oda und Paul zum Beispiel. Oda und Emile waren da ganz anders. Sie waren bereits jenseits der Liebe. Sie waren eins. Die Liebe konnte nicht mehr zwischen sie treten. Die Liebe konnte sie nicht mehr trennen. Trotzdem wurden sie getrennt. Und zwar nicht durch die Liebe, sondern durch den Tod. Und zwar nicht durch ihren eigenen Tod, sondern durch den eines Kindes. Worte, die es nicht gab, konnten ihnen jetzt auch nicht mehr helfen.

Für Vera bedeutete Emile Zukunft. Ihre Erwartungen waren seine Erwartungen. Mit jedem Tag, an dem Veras Welt größer wurde, wurde es auch seine. Durch Vera sah Emile das Mädchen in Oda, und durch Oda sah er die Frau in Vera. Wenn er Oda und Paul besuchte, durfte er Vera in ihrem roten Zimmer zu Bett bringen. Verträumt sah sie ihn dann an und bat ihn, die Vorhänge mit den Männchen drauf zuzuziehen, das Licht im Puppenhaus zu löschen, die Plüschtiere am Fußende des Bettes alle richtig hinzusetzen und ja nicht wegzugehen, und er versprach ihr, nicht wegzugehen, und er versprach ihr, immer bei ihr zu bleiben, er musste es schwören, und nachdem er es geschworen hatte, schlug sie die Bettdecke zurück. Das Ganze war unbegreiflich … an jenem Abend machte er keinen Unterschied mehr zwischen Oda und Vera, glitt mit den Fingern an ihrem Gesicht entlang, an ihren Schultern herunter, über ihren glatten Leib, er setzte sie sich auf den Schoß, drückte seine Stirn gegen ihre, küsste sie auf den Mund, die Grenzmauer hatte schon bei jedem durchdringenden Blick von ihr zu bröckeln angefangen, bei jedem Blick von ihm, jedes Mal wenn sie mit ihren Beinen seinen Hals umklammert hatte und ihm ihr Röckchen über den Kopf zog.

5

Um elf Uhr kam Oda zurück, zu Fuß. Sie hatte Vera nicht bei sich. Weinend stürzte sie sich ihm in die Arme. Schlagartig begriff Emile, dass Klein sie nicht gehen ließ. Natürlich nicht. Kein Mann würde … Aber das war es nicht. Sie stiegen in seinen Wagen und fuhren zusammen zur Leichenhalle. Lange saßen sie an Veras Bett und betrachteten das verschlossene Gesichtchen, die aufeinander gepressten, zu einem Strich zusammengezogenen Lippen, ein entschiedenes NEIN. Sie kehrten schweigend nach Hause zurück. Als sie auf dem Bett lagen, fragte sich Emile, ob sie denn nie glücklich werden durften. Die Antwort war nein. Sie würden immer in Schuld leben. Oda musste zu Klein zurück. Oda flüsterte, dass sie das nicht könne. Emile antwortete, sie könne Paul jetzt unmöglich allein lassen. Sie wollte nicht. Er sagte, sie müsse. Er stopfte ihre Kleider in die Koffer und lud sie in sein Auto. Oda folgte ihm weinend. Er brachte sie nach Hause. Über dem Fluss ging schon die Sonne auf. Die Landschaft war blau. Bei den Findlingen stellte Emile den Motor ab. Er hob die Koffer aus dem Kofferraum und stellte sie auf den Bürgersteig. Oda küsste ihn auf den Mund. Sie musste gehen. Das war ein Befehl. Sie bückte sich und packte mit ihren zarten Händen die Koffer bei den Handgriffen. Er sah, wie Oda schwankend auf das Haus zuging. Er kam sich vor wie der größte Feigling auf Erden.

Auf der Beerdigung sah Emile sie wieder. In einem schwarzen Kleid stand sie neben Klein. Sie ignorierte Emile. Als Klein seinen Arm festhielt, fragte sich Emile, was wohl schlimmer war: der Tod eines Kindes oder der Tod einer Liebe. Beides zusammen aber war das Allerschlimmste. Klein zitterte. Emile dachte – obwohl ihm im gleichen Augenblick die Schmerzhaftigkeit dieses Gedankens bewusst war, was ihn aber nicht davon abhielt, ihn frei heraus, großzügig und hingebungsvoll zu denken –, dass Paul ihm verdammt dankbar sein konnte, weil er ihm seine Frau zurückgebracht hatte, bevor er sie ihm für immer weggenommen hätte.

6

Wer nicht mehr geliebt wird, ist unsichtbar und könnte genauso gut tot sein. So fühlte Emile sich seit Veras Tod. Er hatte sich sein Leben anders vorgestellt. Er ging in Rente. Er hatte ein paar Freundinnen, aber Oda konnten sie nicht ersetzen. Er traute sich nicht, Oda zu besuchen. Er wollte sie und sich nicht unnötig quälen. Klein verstand nicht, warum Emile nie mehr zu Besuch kam. Er versuchte, ihn dazu zu überreden. Emile musste sich Ausflüchte ausdenken. Er sah Klein beim Corps Diner, bei den Cocktails, bei den Kameradentreffen.

Als Klein nach Paramaribo geschickt wurde, hoffte Emile, Oda käme zurück. Aber sie rief weder an, noch kam sie vorbei. Er sah sie manchmal im Auto vorbeifahren, und einmal stand er im Fischgeschäft sogar schräg hinter ihr, aber sie studierte die Garnelen in der Auslage derart aufmerksam, dass ihm klar war, sie wollte ihn nicht sehen.

Nach Veras Tod lebte Emile in zwei Zukünften weiter. In einer phantasierten und in einer realen. In einer Zukunft zusammen mit Oda und Vera, und in einer Zukunft ohne sie. An dem Tag, als Oda mit diesem Mädchen vor der Tür stand, glaubte er, sein Traum habe mit der Wirklichkeit die Plätze getauscht. Das Mädchen war abweisend. Sie wollte weg. Emile und Oda blieben allein zurück. Oda machte ihm die gleichen Vorwürfe wie vor sieben

Jahren. Er hätte sie im Stich gelassen, als sie ihn am meisten brauchte. Emile antwortete ihr, er hätte es für Klein getan. »War dir Paul wichtiger als ich?«, schrie Oda. Sie erwartete keine Antwort darauf. Emile zeigte ihr die Blumen, die er jedes Jahr anläßlich ihres Geburtstages auf den Tisch stellte. Sie waren fast verblüht.

Das Mädchen kam zurück. Sie mussten gehen. Oda holte eine Zeichnung aus ihrer Handtasche und gab sie ihm. »Von Vera für Emile.« Emile war sprachlos. Er konnte in der Zeichnung eines Mädchens, das auf ein leeres Haus zuging, nichts anderes sehen als eine einzige fürchterliche Anklage. Oda und das Mädchen gingen Arm in Arm am Flussufer entlang. Bei der Fähre drehten sie sich um und winkten.

Eine Woche später stand Oda allein vor der Tür. Sie nahm seine Hand und führte ihn ins Schlafzimmer. Sie sagte spaßeshalber, dass sie nicht mehr wisse, wie es ginge, aber ihre Körper wüssten es sicher … am nächsten Morgen verschwand sie wieder. Emile traute sich nicht, sie zu fragen, wann sie wiederkäme. Sie hatte die beiden Seezungen zurückgelassen und er dachte: Sie kommt bestimmt wieder. Drei Tage lang hob er sie auf. Bis sie stanken. Er hob sie noch einen Tag länger auf. Der Gestank wurde unerträglich. Mit Tränen in den Augen warf er die Fische schließlich weg. Später überlegte er, dass er Oda hätte fragen sollen, wann sie zurückkäme. Vielleicht war ja alles nur ein Missverständnis. Seitdem wartete er jeden Tag seines Lebens auf sie. Aus dem Abseits, von der Ehrengalerie der alten Glorie herab. Nur weil man alt ist, soll man keine Erwartungen mehr haben? Nein, so ist es nicht. In seiner Phantasie lebte er sein Leben mit Oda weiter, und er hoffte, dass eines Tages sein Traum Wirklichkeit werden würde, eine Wirklichkeit, die sein misslungenes Leben am Horizont erzittern ließe.

7

Das große Veteranentreffen in Roosendaal. Es regnet und stürmt. Zwischen Hunderten von Männern in Blazern und grünen Baretten finden sich Emile und Paul wieder. Sie klopfen sich auf die Schultern. Paul sieht gesund und glücklich aus. Er sagt, dass Emile doch mal vorbeikommen solle, um sich seinen jungen Labrador anzuschauen. Vielleicht möchte er ja auch im Sommer auf ihn aufpassen, wenn Oda und er nach Indonesien fahren. Er will Oda endlich zeigen, wo sie gekämpft haben. Emile fühlt sich unbehaglich. Er fürchtet, Klein könnte bemerken, dass er eifersüchtig ist. Der Truppenführer bittet die Veteranen auf den Sportplatz hinaus, er ordnet eine Schweigeminute an für die gefallenen und inzwischen verstorbenen Fallschirmjäger. Dann klärt sich der Himmel auf. Emile sagt: »Siehst du, der liebe Herrgott mag uns Fallschirmjäger.« Klein zwinkert ihm zu. Er fragt, ob er mitmarschiere. Emile schüttelt den Kopf. Er fühlt sich nicht in Form. Auf dem Exerziergelände suchen sich die verschiedenen Einheiten auf. Klein gesellt sich zum Corps Insulinde. Es sind nur sechs Mann übrig. Emile sieht Paul winken. Er kann es ihm nicht abschlagen. Der Marsch startet beim Fußballfeld. Sie marschieren in Dreierreihen. Emile links von Klein. Ab und zu wirft Emile einen Blick zur Seite und sieht, dass Klein vollkommen in seiner Rolle aufgeht. Er beneidet ihn. Klein geht ordentlich im Gleichschritt. Straff und mustergültig. Der rechte Arm schwenkt hoch bis zur Schulter. Die Jacke liegt gefaltet über dem linken Unterarm. Klein, der Schweiger. Klein, der nicht nur das denkt, was auch Emile denken könnte, sondern vieles andere, Gedanken, die darüber hinausgehen, darüber, darunter liegen, die er nicht ohne ihn denken kann, die er nur bei ihm entdecken könnte, auf ihm, in ihm, um ihn herum wahrnehmen kann, Emile will wissen, was in Klein vorgeht, mehr nicht, denn Klein ist sein Freund, der einzige, den er je hatte, sein bester Freund, aber jetzt auf seine alten Tage glaubt er, dass er das nie erfahren wird. Sie nähern sich dem Ziel der Parade ... In der Höhe des ersten Fahnenträgers gibt der Kommandant das Kommando »Augen – rechts«. Klein erweist dem Prinzen den Ehrengruß. Und dann das Kommando »Augen – geradeaus«, als sie den zweiten Fahnenträger passieren. Emile verlässt seine Einheit und setzt sich zu den Alten auf der Plattform in der Nähe des Prinzen, da sieht er, dass Klein weitermarschiert, entschlossen, nie damit aufzuhören. Klein wird so lange weitermarschieren, bis ihn die Nachhut aufliest, Klein wird so lange weitermarschieren, bis sie ihn in einen Sarg legen, Klein wird so lange weitermarschieren, bis Graberde auf ihn fällt, Klein wird einfach immer weitermarschieren, nicht aus Sentimentalität, nicht aus Nostalgie, sondern aus seinem unglaublichen Vertrauen in den guten Fortgang der Dinge heraus, mit dem er schon geboren worden ist und das ihn trotz aller Ereignisse niemals verlassen hat. Emile spürt einen Stich in der Brust. Ihm wird schwindlig. Er verflucht Klein, weil dieser ihn nie angesehen hat wie er ihn. Dann hätte Klein nämlich ahnen können, dass er, Emile, ihn betrog; sie hätten die Lügen geteilt, und die Last wäre nur halb so schwer gewesen.

Nachweise

Auszüge dieses Romans erschienen in den Zeitschriften *De Revisor* 1996, Nr. 3/4, und in *Nieuw Wereldtijdschrift*, Juni 1998, Nr. 1. Das Eingangsmotiv des Romans (der Matrose, der das Ende eines Taus verschluckt) ist Witold Gombrowicz' Geschichte »Die Begebenheiten auf der Brigg Branbury« entlehnt. In Teil 3 singt Daisy ein Fragment aus »Bat out of Hell« von Jim Steinman. Das Zitat aus Daisys Heft stammt aus *Der Fänger im Roggen* von J. D. Salinger. *Levenstijdperken van de man*, die Lektüre von Paul Klein, ist von Prof. Dr. H.C. Rümke verfasst worden. Pauls Brief an seinen Vater basiert auf Jac. Sinkes Tagebuchaufzeichnungen, die im Jubiläumsband *Met 3-3 R.I. in de tropen* (1949) erschienen sind. Informationen über das Training der Fallschirmjäger stammen aus dem Buch *Korps Commandotroepen 1942–1982*, als dessen Herausgeber das Commando Stichting fungiert. Ich danke meinem Vater für seinen Rat und dafür, dass er mir sein Motorrad-Tagebuch zur Verfügung gestellt hat. Dank auch an Ian Kerkhof für das Brainstorming über den Titel.

Brüssel, Dezember 1998